一个人，遇见一本书

遇见诗经

遇见诗经

天地无垠 山河壮美 曾经的生活 遥远的浪漫
古老诗句中的喜怒哀乐、相聚离别

侯泰而 著

陕西新华出版传媒集团 陕西人民出版社

图书在版编目（CIP）数据

遇见诗经／侯泰而著.—西安：陕西人民出版社，2021.4
　ISBN 978-7-224-14006-4

　Ⅰ.①遇… Ⅱ.①侯… Ⅲ.①散文集–中国–当代 Ⅳ.①I267

中国版本图书馆CIP数据核字(2021)第030872号

出 品 人：宋亚萍
总 策 划：刘景巍
出版统筹：关　宁　韩　琳
策划编辑：王　倩　张启阳
责任编辑：晏　藜　王　凌
封面设计：哲　峰

遇见诗经

作　　者	侯泰而
出版发行	陕西新华出版传媒集团　陕西人民出版社
	（西安北大街147号　邮编：710003）
印　　刷	陕西隆昌印刷有限公司
开　　本	889毫米×1194毫米　1/32
印　　张	8
字　　数	180千字
版　　次	2021年4月第1版
印　　次	2021年4月第1次印刷
书　　号	ISBN 978-7-224-14006-4
定　　价	49.80元

如有印装质量问题，请与本社联系调换。电话：029-87205094

写在前面

《诗经》是一条河。

在这条清澈的河流中,最叫人难以忘记的,是那些满怀忧郁和愁绪的女子。她们有着清亮的颜色,有着大地的芬芳,有着健康的品质,有着让人赞叹、感喟和唏嘘的故事。

她们会遇到美好的爱情,有的在焦灼地单恋思念,有的因为走进婚姻而心中欣悦,有的由于离别而愁肠百结。

她们是如此鲜活,如此可爱,如此让人牵肠挂肚,无法释怀。

在这条烂漫的河流中,可以窥见贵族们绚烂多姿的生活,可以了解不同职业者的幸福和艰辛。那时的贵族们,生时爱穿爱吃爱玩乐,死时拉人来殉葬,引起许多老百姓的愤怒、诅咒和反抗。

那时的人们与今天一样从事着不同的行当,具有不同的职业特点。采诗官的浪漫,舞师的文艺,猎人的勇武,隐士的超然,农民的劳累,采摘人的辛勤,劳役者的悲苦,流浪汉的绝望……每个人都是一本厚厚的书。

在这条深沉的河流中，也能看到公务员的辛酸和无奈，看到国家环境的危急和凶险。一些公务员的生活几乎看不到阳光。他们辛苦奔忙，得不到上司和家人的体谅，乱世中没有任何出路，心里只剩一片迷茫。

战火不断，国家不安。士兵们在边关征战，生命随时都有危险。他们对爱人做出的"死生契阔，与子成说。执子之手，与子偕老"的长情许诺，已然变成了痛苦的折磨和考验。

伴随着青苔流过的岁月，我们或许能触摸到那些女子的万千心事，感觉到贵族和不同职业者的苦乐忧喜，体悟到公务员和士兵们的生死悲欢，领略到那个时代穿越千载的伟美无垠。

侯泰而

2020 年 12 月

目录

第一章
青荇流过的岁月
——参差荇菜,左右流之。窈窕淑女,寤寐求之 / 001

第二章
有颜有钱却不一定拥有完美的爱情
——泛彼柏舟,亦泛其流。耿耿不寐,如有隐忧 / 013

第三章
谁的青春没有一次偷偷的约会
——将仲子兮,无逾我墙,无折我树桑 / 037

第四章
单恋是我一个人的秘密
——有美一人,伤如之何?寤寐无为,涕泗滂沱 / 063

第五章
结婚这件很重要的事儿
——绸缪束薪,三星在天。今夕何夕,见此良人 / 083

第六章
公主和王子在一起后并没有很浪漫
——言念君子,温其如玉。在其板屋,
乱我心曲 / 111

第七章
公务员们真的很忙
——嘒彼小星,三五在东。肃肃宵征,
夙夜在公 / 141

第八章
贵族衣食住行那些事儿
——呦呦鹿鸣,食野之苹。我有嘉宾,
鼓瑟吹笙 / 159

第九章
诗经时代的国家安全体系
——死生契阔,与子成说。执子之手,
与子偕老 / 189

第十章
盘点诗经职业TOP10
——载玄载黄,我朱孔阳,为公子裳 / 215

第一章 青荇流过的岁月

——参差荇菜,左右流之。
窈窕淑女,寤寐求之。

古代有种叫作"雎鸠"的水鸟。这种鸟的脾性,有点像人们熟知的鸳鸯,出双入对,恩恩爱爱,十分专一。雎鸠的叫声很美,连绵不断却节奏分明,富有韵味。如果几只鸟一起鸣叫,听上去是一片"关关"的音律。

正因为雎鸠对爱情坚贞、专一,而且叫声动听,所以许多人一听到雎鸠的鸣叫,便会产生对爱情的期待和遐想。特别是那些春心萌动的男子,在水边听到"关关"的鸣声,难免想起自己心上人,便悠然生出好多惆怅和烦恼来。

《诗经》开卷之作《国风·周南·关雎》,描写的就是这样的情景。

关关雎鸠,在河之洲。窈窕淑女,君子好逑。
参差荇菜,左右流之。窈窕淑女,寤寐求之。
求之不得,寤寐思服。悠哉悠哉,辗转反侧。
参差荇菜,左右采之。窈窕淑女,琴瑟友之。
参差荇菜,左右芼之。窈窕淑女,钟鼓乐之。

(《国风·周南·关雎》)

一个年轻俊美、颜值很高的美男子,行走在奔流不息的河边,听见了沙洲上雎鸠充满了柔情和诱惑的鸣声,心里一片温暖。这个时候,他想起心中苦苦思念的那位姑娘。她是那么美丽,那么贤惠，哪个男子会不喜欢呢？

清清的河水中长满了青荇，油油地在水底招摇。人们划着小船，一下飘到左边，一下荡到右边，不停地采摘着。青荇可以采摘，但心目中那位"窈窕淑女"，什么时候才能到他的身边来？

我们的主人公陷入了苦恼的深渊。他睡着时想她，醒着时想她，到后来竟为情所困，"辗转反侧"难以入眠。

这位美男子情商很高，虽然思念这么深长，相思如此强烈，但他没有忧郁，没有消沉，更没有就此退缩。

在爱情上，他是一个愈挫愈勇的人。他想了许多办法，去获取心上人的欢喜。

首先，他拿了琴瑟去姑娘面前演奏，"琴瑟友之"，用音乐表达自己的心迹和友好。

其次，把动作搞得更大一些，"钟鼓乐之"，敲锣打鼓逗得她开心，使她快乐。

他成功了吗？我想，最后应该是成功了，这么一个"胆大心细脸皮厚"的人，终会以不屈不挠的追求俘获"窈窕淑女"的芳心，收获一段美好、圆满的爱情！

这场情事能取得这样完美的结局，除了单纯的情感因素外，一些外在因素也不可忽略。假如，这位美男子是个穷光蛋，能成吗？假如，这位美男子是位粗俗的伧父猛男，能成吗？

答案不言自明。从诗中看，这位美男子分明是个有钱、有文化、有地位的贵族。

就拿诗里的"琴"和"瑟"来说，整本《诗经》中，"琴"

仅出现七次，"瑟"出现十次，非常非常少。说明这两种乐器当时并不多见，大概只有豪门贵族才用得起，可见"琴""瑟"在当时的稀罕。甚至连用于朝廷、诸侯宴会的《大雅》，用于宗庙祭祀的《颂》里都没有出现这两个字。当然，也许它们在现场出现过，记录的人没写到诗里。

这就是说，这位美男子的家族很可能是高门大族，而且不是一般的高门大族，而是居于社会金字塔尖的人物。按照古代门当户对的婚姻理念，能被这样出身的男子看上的女子，应该也只有同出贵族的女子，才能与之相配。

正因为如此，有人猜测，这首诗描写的不是普通人的爱情，而是周文王姬昌与文王妃太姒的相恋。诗里的"君子"是周文王，"淑女"指文王的妃子太姒。

周文王是历史上著名的明君，我们也比较熟悉。他在位时，对政事很是勤勉，注意发展生产，老百姓的生活比较安宁，尤其是拜传奇人物姜子牙为军师，广罗天下人才，建立了不朽功业。而太姒没有文王名声那么大，但《诗经》《史记》《列女传》等古籍里也留下了她的身影。

相传她是大禹的后代，出生在莘国。《诗经》中的《大雅·大明》里称她是"大邦之子，俔天之妹"，说明她是莘国国君的女儿，出身高贵，并且十分漂亮。更重要的是，她是一位真正的"淑女"，"仁而明道"。

据说，文王在渭水边一见太姒，便心神俱散，无法忘怀，特别特别喜欢。于是乎，"窈窕淑女，君子好逑"，经过一番"你追我赶"，两人终成美满姻缘。

迎娶太姒这样的贵族女子，场面不能小气。

于是文王拿出了帝王的气魄。渭水太宽了，他干脆就在水面上"造舟为梁"——造了很多船连在一起，构成一座浮桥。自己则以帝王之身，"亲迎于渭"，场面既隆重又盛大。在这样的场面上，肯定是"琴瑟""钟鼓"齐鸣，欢乐、热闹至极。

太姒她成为文王的妃子之后，认真履行自己的职责，兢兢业业操持家务，从不曾有一丝松懈。对婆婆十分孝顺，也经常回娘家看望自己的父母。

她的生育能力强，为文王生下十个儿子，其中第二个儿子就是著名的周武王姬发。她对儿子管教得也很严，从小到大，孩子们都没做过什么坏事。《大雅·思齐》说"大姒嗣徽音，则百斯男"，就是在明明白白告诉我们，太姒继承和发扬了优良传统，又生下了很多孩子，这是兴盛王室的根基。

按照这样的说法，"窈窕淑女"才是诗里的真正主角。太姒这么贤德，歌颂、怀念她理所应当。《周颂·雝》里，周武王在祭祀父亲文王时，不忘敬祀母亲太姒，诗的最后一句是"亦右文母"，请母亲太姒也来享受他贡献的祭品。此处把太姒称为"文母"，指非常有文德的母亲，说明太姒的品行十分高洁。

故而，有人说《关雎》的主题，就是歌咏"后妃之德"的。到底是不是，这是考据家们的业务，不是我们要关心的事。我们只需要为他们终获圆满、"琴瑟"和谐的婚姻而欣悦，就可以了。

古往今来,热恋中的人们在情到浓时,都会希望能时时刻刻在一块,哪怕一起虚度光阴,也不会觉得厌烦。我们一起来看看《诗经》当中的几个热恋场景。

有女同车,颜如舜华。将翱将翔,佩玉琼琚。
彼美孟姜,洵美且都。有女同行,颜如舜英。
将翱将翔,佩玉将将。彼美孟姜,德音不忘。

(《国风·郑风·有女同车》)

某天,郑国的一个贵公子,驾着车在大道上驰行,车中有一位美人。时间大约是秋天,树泛出了金黄的色泽,田野里麦浪阵阵,温暖的微风吹过。他回头看看身边的姑娘,美得就像路边盛开的木槿花。

姑娘姓姜，既漂亮又贤淑，身上佩戴的玉石、琼琚，把她衬托得十分动人。公子怎么看也看不够，心里美滋滋的。他不由得吆喝一声，马跑得更快了。他的心情和车一样，飞腾起来。

前面有一片极好的景色。他们走下车来。两个人沿着大路，边走边聊，脚步轻快。姑娘身上的佩玉发出叮咚的声响。公子的心情无比欢愉。这一辈子能和这样的姑娘共同度过，也算是没有枉过了。

《郑风·有女同车》里描绘的就是这么一幅画面。在公子心里，"有女同车""有女同行"是最大的幸福和心愿。他喜欢这位姑娘，姑娘也喜欢他。他们把爱情的甜蜜抛撒在马车奔驰的天地间。

这样清新美好的画面，在今天的我们看来赏心悦目。但不知是妒忌还是看不惯，有人见到这种情形不高兴了，批评的声音十分严厉。比如朱熹老夫子就说，这是"淫奔"之诗，实在是有些迂腐了。

落叶随风吹，漫天皆秋色，又有一对男女走在路上。农夫在收割庄稼，他们在收获爱情。女子正在大声唱着歌。她唱的是什么呢？

萚兮萚兮，风其吹女。叔兮伯兮，倡予和女。
萚兮萚兮，风其漂女。叔兮伯兮，倡予要女。

（《国风·郑风·萚兮》）

翻译过来就是："秋风轻轻吹，黄叶飘满天，哥哥唱起来，我来应和你！"一般来说，在具体的恋情当中，多是男子主动，女子则矜持些,但也有例外。比如诗中的这个男子便有点腼腆,女子拉他出来,本来是想要炫耀一下他们的甜蜜,给单身青年们撒了大大的一把"狗粮"。可是,事到临头,他却放不开颜面,唱不出来。我们的女主却一点不扭捏,她这么一唱,男子大概想不应和也不行了。

还有更会撒娇的女子,对着自己慢吞吞的情郎,直抒胸臆般下最后的通牒:

子惠思我,褰裳涉溱。子不我思,岂无他人?狂童之狂也且!
子惠思我,褰裳涉洧。子不我思,岂无他士?狂童之狂也且!

(《国风·郑风·褰裳》)

首先是正面通告男友,你要是真的很爱我,你就撩起衣裳趟过溱(洧)水来找我;其次是从另一个角度发出"威胁",如果你一点不想我,难道就没有别的少年哥?最后,给男友下了个结论,你真是一个傻瓜蛋!

逻辑严密,层层深入,完美地展示了这个热恋中的女孩子的直率和智慧。相信男子收到这个"通牒",肯定会忍不住立马跨过溱水、洧水这两条爱情之河,来到她的身边。

另一个女子,似乎更泼辣一些。她的男友也不"正经",敢和她调笑,敢给她讲段子,讲得她脸红心跳,心潮起伏。

有一次,他们在一起游玩,边走边聊,大概是男子说的话有点"荤味",女子不好意思,用粉拳捶打他,而且骂出声来:

山有扶苏,隰有荷华。不见子都,乃见狂且。
山有桥松,隰有游龙。不见子充,乃见狡童。

(《国风·郑风·山有扶苏》)

她口里骂道,山上长有茂盛的扶苏,浅潭开着鲜艳的荷花。今天没遇到美男子,偏偏见着了你这个疯汉子。山上长着挺拔的松树,洼地生满美丽的红草,今天没见到美男子,却看到了你这个浑小子。

显然,这不是真正的"骂",而是戏谑、调侃,一副非常活泼爽朗的声口,典型的嘴里叫着"冤家",心里却当作是"爱人",犀利言辞中透露出浓浓的甜蜜。

人世间,好多遇见,有说不出的奇妙。这是人生的偶然,也是冥冥中的缘分。那一天清晨,他出门来到野外。这是一次没有目的的散步,只见眼前到处是蔓生的青草,晶莹的露珠挂在草尖,在晨光中微微闪烁。

野有蔓草,零露漙兮。有美一人,清扬婉兮。邂逅相遇,适我愿兮。

野有蔓草,零露瀼瀼。有美一人,婉如清扬。邂逅相遇,与子偕臧。

(《国风·郑风·野有蔓草》)

这时,一位美丽的女郎进入了他的视线,她在路上徘徊。如茵的青草衬托着她的面容柔美,身姿曼妙。男子的心弦被拨动了,便毫不犹豫地上前搭话。一聊之下,两心相契,两情相悦,彼此已互相深深印刻在心间。

"邂逅相遇，与子偕臧"，后面的故事不用再说了。"金风玉露一相逢，便胜却人间无数。"你情我愿、情投意合，这种两心相印的偶遇，比许多神仙眷侣更要令人羡慕。

那个时候，这样的偶遇大约是经常发生的。

不管是战争时期，还是和平时期，在生产力低下的古代，人口多一点终归是有好处的。

当时的朝廷甚至还为了繁育人口，专门颁布了法令，规定在欣欣向荣的早春时节，还没结婚的适龄男女，必须到野外去寻找自己的另一半，在自由的邂逅和偶遇中相会、结合。"若无故而不用令者，罚之。"如果不按法令办，不出去寻找未来的配偶，官府将做出惩罚。

这样，许多男女在初识中相知、相熟，不要媒妁之言，也不要父母之命，只要君心似我心，便可永结同心、百年欢会，演绎出田园牧歌般的爱情。多么清新自然的恋爱环境！

约会是男女相恋的必经程序。男女相爱，几乎没有不约会的。有一次，有一名男子约了他心仪的女孩在城墙的角落里相会。

静女其姝，俟我于城隅。爱而不见，搔首踟蹰。

静女其娈，贻我彤管。彤管有炜，说怿女美。

自牧归荑，洵美且异。匪女之为美，美人之贻。

（《国风·邶风·静女》）

这位女孩是一位标准的"静女"，娴雅端庄，而且还特别漂亮。本来男子和她说好了，让她先到墙角那儿，等着他到来。可等他到来时,这位"静女"耍了个心眼——她虽然娴静,性格却不木讷,懂得和情郎开玩笑,她躲了起来,想给他一个惊喜。

这边的男子找不见她,心里焦急,又不敢大喊,毕竟要是让人听见、看见就不好了!他在那里惶惶不安地用手抓着头发,来来回回走动,心爱的姑娘便恶作剧般地出现在他面前,仿佛从天而降。

她还为心上人准备一些小礼物——一把红管草和一把嫩白茅,这大概和今天男女之间送花有着异曲同工的功效,只是更加天然、清新。男子本就深爱着这位"静女",当然对她的礼物很喜欢。

女孩亲手从野外采来的这些红管草、嫩白茅,闪耀着鲜艳的色泽,透露出鲜嫩的气息。而且由于它们是"美人之贻",男子心里更倍觉珍惜。

平凡的事物因为特定的对象而变得美丽。男子爱屋及乌,爱人及物。这就是爱情的魔力。这样的恋情,读来纯净而美好。

《诗经》中还有一种约会,比之前面那些场景的青涩,则显得大胆而热烈,勾起人无限的遐思。

爰采唐矣?沫之乡矣。

云谁之思?美孟姜矣。

期我乎桑中,要我乎上宫,送我乎淇之上矣。

(《国风·鄘风·桑中》)

这是一个男子在歌唱:到哪里去采女萝呢?去那卫国的沫乡吧!我的心中想着谁?漂亮姑娘她姓姜。她约我等我在桑树林,邀我等我在上宫楼，还一直送我到淇水旁。

　　一对男女，在桑树林里约会，在上宫楼中相见，然后又缠缠绵绵相送，不免令人浮想联翩。按郭沫若的说法，"桑中即桑林所在之地，上宫即祀桑之祠，士女于此合欢"。这种"合欢"，在当时是一种普遍的风俗，那时的人认为这种行为自然而然，可以促进万物的繁衍。

第二章
有颜有钱却不一定拥有完美的爱情

——泛彼柏舟,亦泛其流。耿耿不寐,如有隐忧。

庄姜是古代著名的绝色美女。庄姜并不姓庄，而是姓姜，是春秋时齐国人。齐国最初是姜子牙的封地，姜是王族的姓，庄姜的身份当然非常高贵。实际上，她是齐国国君的女儿，也就是"公主"。

后来，齐国与卫国搞政治联姻，恰好这时庄姜到了待嫁的年龄，便把她嫁给了卫国的国君姬扬，即卫庄公，所以她被称为"庄姜"。

庄姜的颜值之高在当时是有目共睹的。《诗经》里的《卫风·硕人》，便是专门写她的诗。"齐侯之子，卫侯之妻"，点明了庄姜尊贵的身份：齐国国君的女儿，卫国国君的妻子。而对于这位贵族女孩的外貌，这首诗有一段前无古人、后无来者的"绝唱"：

手如柔荑，肤如凝脂，领如蝤蛴，齿如瓠犀，螓首蛾眉。巧笑倩兮，美目盼兮。

这些极尽赞美的语言，是当时卫国人的集体认同，是他们的一致意见。

即使这些话很古奥，相信现在很多人还是能脱口而出，因为在从古到今的各种书籍和文献中，它们出现的频率太高了。

对一个女人的双手、肤色、脖颈、牙齿等，没有比这更细致、精当、奇巧的描绘了。而后世各种对女人美貌的夸赞，也都无法超出这些话。到了几千年后的清朝,有位研究《诗经》的学者姚际恒还在感叹,"千古颂美人者,无出其右,是为绝唱"。

这些话是什么意思呢?尝试用现代的话翻译,就是"她的手指像茅草的嫩芽,皮肤像凝冻的脂膏,嫩白的颈子像蛴螬一条,她的牙齿像瓠瓜的子儿,方正的前额弯弯的眉毛,轻巧的笑流动在嘴角,那眼睛黑白分明多么美好"。

诗其实是不可译的,这么一译,原来的味道就没有了。可理解了这个意思,再去反复诵读、吟咏原文,不断品咂琢磨,就能够细细体味到那种妙处。后来文学作品对美人的描写,无论是《洛神赋》中的甄妃,还是《长恨歌》里的杨贵妃,都不过像对庄姜的一种致意。反正一句话,庄姜美得惊人。

值得注意的是,庄姜的个子还高,诗中"硕人其颀""硕人敖敖",都是说她身材颀长、高挑。这在古代是不多见的。1972年长沙马王堆出土的素有"东方睡美人"之称的汉代女尸,身高复原下来也只有1.54米。而庄姜长得高,还这么漂亮,简直堪称完美。

庄姜出嫁的时候,场面非常宏大、气派。

这一点不奇怪。一个国家的"公主"嫁给另一个国家的君王,不只是一场仪式,还是一场政治行为,不隆重才怪。

给她拉车的四匹公马都是精心挑选过的,膘肥体壮。马嘴边缠着红绸子。车的外面,插满了艳丽的野鸡毛。送亲的队伍十分庞大、壮观,"庶姜孽孽,庶士有朅",那些陪嫁的姑娘个个身材颀长,护送的大臣、武士也都健壮、轩昂。

而且，庄姜一见自己的丈夫卫庄公，就表现出她善解人意的性格，说朝会一结束，你们这些大臣便该早早散去，不要久久围在那里，以免让我的夫君过度操劳（"大夫夙退，无使君劳"）。

因此，新婚那一段时间，庄姜和卫庄公大概是很开心的。一个嫁了国君，一个得到绝色美女，各得其所，相得益彰。

但好景不长，庄姜这位几乎已达完美的女人，时间一久，却出现了一个致命缺陷，没有孩子。

《左传》说她"美而无子"。这事放到现在可能不算什么，城市里不要孩子的"丁克"家庭并不少见，甚至有很多人坚持独身主义、一辈子不结婚。

可在古代，人就是生产力、战斗力，人多力量大。女人不能生育是不可原谅的"罪"。封建时代，男人们给女人规定了著名的"七出之罪"，只要女人犯了七罪中的任何一种，丈夫就可以"出"掉她，正大光明地把她赶走。这七种情形，第一种就是无子，不能生孩子。因此，庄姜的地位迅速下跌，逐渐被庄公冷落在一边。

庄姜对这样的现实无能为力。已在屋檐下，不得不低头。和那时一般的女人不同，她不仅漂亮，还有文化。她是中国早期不多的几个女诗人之一。在寂寞的环境中，她却能用诗来表达自己的忧伤。

有人推测说，《国风》中的《邶风·柏舟》是她的作品。朱熹老夫子曾一本正经地反问，这难道不也是庄姜的诗吗？（"岂亦庄姜之诗与欤？"）

泛彼柏舟，亦泛其流。耿耿不寐，如有隐忧。微我无酒，以

敖以游。

我心匪鉴，不可以茹。亦有兄弟，不可以据。薄言往愬，逢彼之怒。

我心匪石，不可转也。我心匪席，不可卷也。威仪棣棣，不可选也。

忧心悄悄，愠于群小。觏闵既多，受侮不少。静言思之，寤辟有摽。

日居月诸，胡迭而微？心之忧矣，如匪浣衣。静言思之，不能奋飞。

(《国风·邶风·柏舟》)

这是一首女子自伤身世、又苦于无处诉说的诗，从内容看，这诗非常契合庄姜的身份和心情。

河中荡着柏木做的小船，随着波儿漂流。看到这只小船，她不由得想起自己的遭遇。"耿耿不寐，如有隐忧"。满怀焦虑无法入睡，心头充满了隐隐的担忧。

作为一个女人，她不可能无动于衷，"我心匪石，不可以转"，"我心匪席，不可卷也"，她的心不是石头，不会随意转移改变；她的心也不是苇席，可以随时卷起又打开。情感的波涛一直在她胸中翻涌。

她也想去和卫庄公搞好关系，可是"薄言往诉，逢彼之怒"，跑去向他倾诉，他却非常恼怒，不但不好言相慰，反而加以责骂。而且，有一些人，对她怀有敌意，在卫庄公边上说她的坏话，她的日子越来越不好过。

她的心情如同没有洗过的衣服("心之忧矣，如匪浣衣")，一片灰暗，非常非常无奈。"静言思之，不能奋飞"。只有仰天长叹，想象着要是有一双翅膀，能飞到天上去就好了。

但庄姜终究没能打动卫庄公。在卫庄公心里，有没有儿子比妻子美不美貌更重要。毕竟国家要传下去，江山要传下去，不能没有后代。

要解决这个问题，当然不是什么难事。那时富家男子娶几个女人都很正常。卫庄公贵为国君，自然更加容易。

果不其然，他又从陈国迎娶了一位贵族女子，叫厉妫。厉妫不久就给他生了个儿子，取名叫孝伯。

这个孝伯体质很弱，当时医疗水平也低，孝伯很快夭折了。厉妫有个妹妹，叫戴妫，庄公又把她娶了过来。戴妫的生育能力正常，为卫庄公生了一个儿子，名字叫作"完"，历史上称"公子完"。按《史记》记载，戴妫在生下孩子后，不久就去世了。或许终究还是对庄姜存有感情，卫庄公吩咐把公子完作为庄姜的儿子，并立为世子。庄姜品性善良，把公子完当成亲生儿子一样，精心抚育、教养。

一切似乎很顺当。

可身为国君的卫庄公，身边不止这几个女人。

史书上讲他"惑于嬖妾"，不知这个"嬖妾"是什么人，身份地位大约不高，却一定非常娇媚，令卫庄公着迷。而庄姜呢，则被冷落在一边，卫庄公对她的美丽早已视若无物。

这里要敲下黑板，就是这个所谓的"嬖妾"，也给卫庄公生了一个儿子，叫"州吁"。这为后来那些惊心动魄的变故埋下了伏笔。

为了王位而斗争，是宫廷事件中千古不变的主题。

州吁长大后，喜欢舞刀弄棒。卫庄公宠着他，想发挥他的特长，就封他为将军。这个极不慎重的举动，为王朝埋下了无穷无尽的祸乱。当时有大臣劝阻，告诫卫庄公"庶子好兵，使将，乱自此起"。便是说，州吁是庶子，不是世子，没有当国君的资格，但他喜欢带兵打仗，老爹卫庄公又封他为将，这会是什么结果？他能让世子安安稳稳当上国君吗？

几年后，卫庄公死了。公子完继承王位，成为国君，历史上称卫桓公。然后，一切皆在意料之中，过了十多年，州吁找个机会，把公子完杀了，自己当上了国君。——州吁也由此成为春秋时期第一个杀君篡位成功的公子。

这么一来，庄姜和厉妫就尴尬了。

公子完是戴妫的亲生儿子，是庄姜的养子，是厉妫的外甥。现在，公子完被杀，她们的靠山没有了。庄姜是卫庄公的正室，州吁不能把她怎么样。厉妫呢？真正成为一个无依无靠的人，只有回到自己的老家陈国去。

多年来，经历过一系列的变故和风霜，两个女人变成了一对同病相怜的老姐妹。厉妫离开王都的那一天，庄姜去送她。路途中,燕子翻飞,忽上忽下,望着厉妫的背影渐渐消失在旷野中,慢慢地看不见了,庄姜泪如雨下,伫立原地久久不肯离去。

她写下一首《邶风·燕燕》。

燕燕于飞,上下其音。

之子于归,远送于南。

瞻望弗及,实劳我心。

燕子上下飞翔哀哀鸣叫,我送亲爱的妹妹回家,伴她走向茫茫的南方。她渐渐远去,再也望不见身影,我的心里充满了悲伤。

庄姜想起了厉妫的美德,"终温且惠,淑慎其身"。她是一个多么温柔和顺、善良谨慎的人啊!以后,只有自己孤独地待在宫廷里,有谁来陪我说说话呢?一念及此,巨大的悲凉弥漫全身。

在等待老去的日子里,庄姜不时会想起前尘往事。她回忆起和卫庄公新婚燕尔时的欢乐,想到后半生的寂寞悲苦,哀从心来。日月照耀大地,可是我的丈夫,却从来没有和我好好相对,也没有几句好话给我。为什么会这样呢?但愿能忘掉这一切吧。

她在诗歌《日月》中叹道:"父兮母兮,畜我不卒。胡能有定?报我不述。"爹啊、娘啊,他对我没有善始善终。世界上的事情如何能说得定,当初哪知他会这样对我。

一个人痛苦到哭爹喊娘的地步,那确实是难以忍受了。

国家这么乱,自己的婚姻这么不幸,养子还被杀掉了,今后的日子怎么过?捱一天算一天吧。也只能这样了,有什么办法呢?一代绝色美女的遭遇,真叫人感叹伤怀!

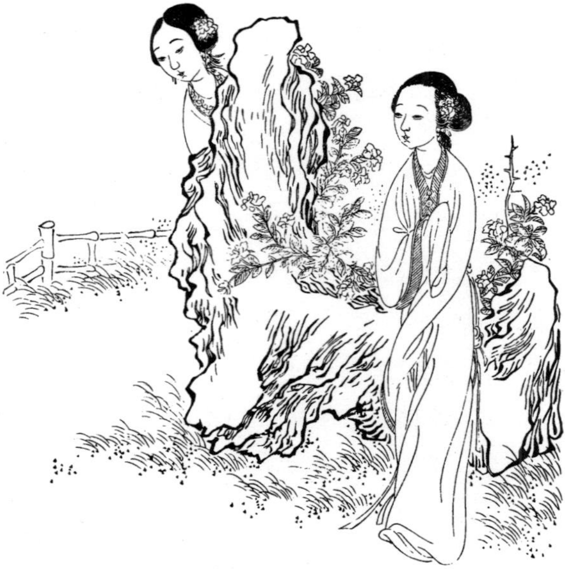

那个恶劣的州吁后来怎么样了呢?

他杀兄自立,名不正、言不顺,还经常发动战争,穷兵黩武,惹得大臣和老百姓都不喜欢他。结果,卫国人联合陈国人,伺机把他杀了。

州吁在国君的位子上待了不到一年,就被干掉了。这是咎由自取,怪不得别人。

由于大臣们不买他的账,老百姓根本不爱戴他,他死后没得到什么正儿八经的谥号,历史上称他为"卫前废公"。

一个"废"字,代表了人们对他的评价。

《诗经》里的女人,许穆夫人可算是一个异数。

如果把《诗经》中提到的女人们归一下类,可以看到以下几种类型:一是贤妻良母型,如周文王的夫人太姒;二是思妇、怨妇,这种女人《诗经》中特别多;三是处于恋爱中的女人;四是"坏"女人,她们要么淫乱,要么干政。当然,也还有一些其他类型。

和这些女人比起来,许穆夫人有所不同。

她既美丽、温婉,有着女人共性的一面,同时又热爱祖国,富有正义感,在紧急时刻敢于挺身而出,帮助国家渡过难关,有种"女汉子"的味道。

而且,她是一个诗人。

这样一个集多种美德于一身的女人,不仅在遥远的古代不多见,放到今天也很难找到。

许穆夫人不姓许,也不姓穆,而是嫁给了许国国君许穆公当老婆,因而被称为"许穆夫人"。

许穆夫人是卫国人,出身贵族世家,是标准的皇亲国戚。

从当时的实力来讲,卫国不算什么强国,但比许国要好一些。——许穆夫人偏偏嫁到了许国。——扒一扒许国的简历,就可以知道它有多么的孱弱和"营养不良"。

周武王带领军队灭了商朝,分封诸侯,许国就是那个时候诞生的,它的都城在现今河南许昌一带。西周时期,周王朝控制力比较强,各诸侯国不敢乱来,一些小国还能过点平安日子。

到春秋战国时期,周王朝的中央政府已经没有什么实权,象征意义大过了实际意义。大一点的诸侯国不听话,周天子也奈何不得。

这时,有实力的诸侯国轮番称霸,一会儿你当老大,一会儿他当盟主,烟尘四起,热闹非凡。

作为小弟的许国,没有什么地位,只能看各位大哥的脸色行事。有的看它不顺眼,不时给它一顿暴揍;有的看它可怜,偶尔也帮它一把。

它的日子过得十分艰难。

许国最大的威胁来自北方的邻国——郑国。

郑国有一个雄主郑庄公。这位老兄的厉害程度不亚于后来的春秋五霸，许国经常遭到他的欺负。

周桓王八年（公元前712年），郑庄公找了一个"许国不听周天子号令"的理由，联合齐国、鲁国攻打许国，约定谁先攻陷许国都城，谁就有权分割许国的土地。

当时的许国国君许庄公带领官兵、百姓死守城池，英雄奋战，但面对敌人的强大攻势，他们只能做困兽之斗。围城三日后，郑国的军队一阵猛攻，冲进城里，占领了许国国都。

许庄公见大势已去，带领身边亲兵，杀开一条血路，逃到对许国比较友好的卫国避难。两年后，许庄公客死在卫国。

按照事先的约定，这次战争，郑国第一个攻进了许国国都，郑庄公有权把许国的土地据为己有。

他当然也想这么干。但那时，还有其他一些大诸侯国在虎视眈眈，再说周天子终究剩有一点象征性的权威。郑庄公不敢过分地为所欲为。

他想了一个办法，命令许国大夫百里侍奉许庄公的弟弟（许叔）住到许国东边的边境上。一切得听郑国的！——这样，许国牢牢地被抓在郑国手里了。

不能占有你，实际上控制你。这就是郑庄公采取的策略。

风水轮流转。

到周桓王二十三年（公元前697年），郑国发生了内乱。这时，英明勇武的郑庄公已死，即位的郑厉公在权力斗争中被赶走。

趁着这个机会，居住东边的许叔趁机夺回了许国的都城，打败了郑国的军队，重新建立了许国。这个许叔就是许穆公。

请注意，我们这篇文章的主角许穆夫人所嫁的，就是这位许穆公。按说，这位能够复国的许穆公也算个人物，但许国先天不足，再则由于许穆公复国的举动，更让郑国与许国成为势不两立的死敌。

可以想象，许穆公和他的继任者的日子非常不好过。据记载，在春秋五霸争战的一百二十多年间，许国先后遭其他国家暴揍达十一次，其中仅郑国就侵略了九次。

因此，许穆夫人嫁给许穆公，从现实利益来讲，并不是最好的选择。

许穆夫人是卫国的贵族。

卫国在当时算不上强国，既然是政治联姻，第一要考虑的是政治利益，如果能够傍上齐、秦、楚等强国，倒还说得过去。许国比卫国更弱小，离卫国又远，嫁到这样的国家，对卫国不可能有什么实质性的帮助。许穆夫人深深爱着自己的祖国，而且富有远见，自然不愿嫁到许国去。

她原本想嫁的，是齐国的国君。齐国是当时数一数二的大国、强国，还紧挨着卫国，是名副其实的近邻。卫国有什么事，齐国能及时出手，帮得上忙。这该多好！连回娘家也方便些。

并且，许穆夫人少年时即已名声在外，很多人非常仰慕她。

据刘向《列女传》里的记载，当初许国（许穆公）和齐国（齐桓公）都向卫国求婚。卫国国君卫懿公想把她嫁给许国。许穆夫人视野开阔，目光远大，对国内外形势看得很清楚，她说：许国又小又远，齐国既大且近，现在这个世界上，强者为大，碰到边境上有什么战乱纷争，只有请求大国帮助，如果我在齐国，不是就没有什么好担心的了吗？

除去政治现实主义方面的原因，从个人角度看，许穆夫人也不愿嫁到许国去。可以肯定，许穆公的年龄超出许穆夫人一大截，——他们是标准的老夫少妻。而齐桓公要年轻得多，英气逼人，是真正的一代雄主。两相对比之下，哪怕用脚趾头想一想，都会知道她对许穆公不太满意。

既然如此，那不嫁给许穆公，行吗？答案是：不行！

那时候，在婚姻问题上，女人是很少能够自己做得了主的。许穆公为了能把她娶到手，给卫国送了很厚重的礼物。许穆夫人的母亲宣姜和卫懿公都被许穆公所打动，自然而然做主把她许配给了许穆公。

她自己在这件事情上，没有什么话语权，不得不远嫁许国，成为"许穆夫人"。

带着一种不情不愿的心绪来到异国，对家乡和故园的怀念必然更为强烈。如果是一般的女人，思念不过是思念罢了，不会留下什么历史痕迹。

但她是一个诗人。"诗言志"，她要用诗这种形式，表明内心的想法。《诗经》里的《竹竿》《泉水》两首诗，传说是她的作品。在这些诗里，我们能读到一个远嫁他乡的女子，对家乡的眷恋和想念。

有一次，她回忆起少女时代在淇水边钓鱼的事情，竹竿长长地伸向河水中。对家乡和亲人的思念，像河水一样在心里面奔涌。

"岂不尔思？远莫致之。"怎么能不想念呢，只是现在嫁到远方，没有办法回去。

"巧笑之瑳，佩玉之傩。"当年明眸皓齿，身佩美玉，身姿婀娜，人见人爱，经常在悠悠流淌的淇水里，优雅地划动那桧木桨、柏木船。(《卫风·竹竿》)

如今远离父母兄弟，来到异国他乡，一切的曾经都不可追寻了。这像山一样沉重、像河一样深长的愁思，怎么消除？

还有一次，她想起了家乡的肥泉，想到泉水源源不绝朝远处流去，流向淇水，不由得大为感怀。

"有怀于卫，靡日不思"，心心念念地想着卫国，没有哪一天不曾惦记。

她回想起出嫁时的情景，想起与父母、兄弟、姑姑、姐姐等亲人告别的情景，想起临别时饯行和在路途中住宿的情景，那个时候，她只想掉转车头，飞快地跑回卫国去。当然，婚姻大事不是儿戏，不能随着性子乱来。

现在，身在许国，心在卫国，只能发出长长的叹息。于是，"驾言出游，以写我忧"，坐上马车到外面兜兜风，借此消解掉一点心中的忧愁吧。(《邶风·泉水》)

一个远嫁异国的女人，老是想要回娘家，而且到了如此深、如此痴的地步。这只能说明：第一，她非常热爱自己的祖国，时

刻关心祖国的安危。第二，她对目前的处境不满意，对丈夫没什么发自内心的真情。

许穆夫人应该是这样一个女人。

许穆夫人对故国念念不忘，固然体现了她对卫国的一片赤诚，而从实际情况来看，卫国也确实值得她挂念和担忧。卫国的国君卫懿公，压根儿就不是什么治国理政的干才，甚至连一个普通的君王水平都达不到。

从整个历史看，卫国是中原北部的大国（不一定是强国），国运比较长久，传了九百多年。历史车轮在向前推进的过程中，卫国所经历的路途并不平坦，遭遇过不少的祸乱和坎坷。

卫懿公的谥号中有个"懿"字，本意是称赞他的品德美好。为什么会对他有这个评价呢？这源自他的癖好——养鹤。

鹤在中国历来都是一种高贵的动物，象征着清廉、高尚。《小雅·鹤鸣》的开头即写道，"鹤鸣于九皋，声闻于野"。讲鹤在沼泽中鸣叫，清亮的声音传遍了广袤的原野。这一形象非常高洁，像极了隐居的贤人高士们。

卫懿公喜欢与鹤为伍，从表面上看，至少是可称得上"懿"的。

然而，爱鹤的人品德就高洁吗？显然，这没有什么必然的逻辑联系。

按说，一个国君把鹤作为宠物，并非什么大逆不道的事。可卫懿公对鹤的痴迷，几乎达到了疯狂的程度。在他的心里，鹤比人重要。

他给予了鹤比一般高级官员还要优厚的待遇。他根据鹤的羽毛、气质等元素，给不同的鹤分封高低不同的官职，让它们像官员一样享受真正的俸禄。

他出外巡查时，带上许多鹤，让它们乘坐在华丽的豪车上。

当然，养鹤需要请人，需要供给专门的食物，加上要给每只鹤俸禄，没有一大笔专门经费是不行的。卫懿公为此设了一个特别的税种"鹤捐"，派税吏向老百姓征收，满足养鹤的巨大开支。

卫懿公这种行径，哪算什么"品德高尚"？

恰恰相反，作为一个"玩物丧志"的典型，他把太多的精力放在养鹤上，没有心思去治国理政。

时间一长，国力日渐衰落，老百姓的日子越过越艰难，国内民怨沸腾，对现状极为不满。

这时，卫国的北部的少数民族国家"狄"，探得卫懿公因为爱鹤把国家搞得一团糟，觉得有机可乘。要知道，这个十分彪悍的"狄"，一直都在寻找机会进攻中原。现在碰上这么一个好时机，哪会错过？

狄族首领立即带领人马，杀了过来。

平时只知享乐的卫懿公心里慌得一比，赶紧纠集人马，准备应战。但不管是官员，还是老百姓，好多人不听他的话。

《史记》里说，卫懿公命令大臣带兵抗击，大臣们不干，他们说"君好鹤,鹤可令击狄"。您老人家喜欢养鹤,给它们俸禄,那就让鹤去应战对敌吧!

卫懿公又命令士兵和年轻力壮的百姓穿上盔甲,准备上前线。这些士兵和老百姓也说,"使鹤,鹤实有禄位,余焉能战!"(《左传》)意思是让鹤去打仗吧,鹤享有实实在在的职位和俸禄,我们哪能打仗呢?

许多人逃跑了,根本不想打这场注定要败落的仗。

结果可想而知!

《东周列国志》里演义道,卫懿公听从良言相劝,把鹤都放走了,但为时已晚,于事无补。狄军轰轰烈烈杀了进来,大肆屠戮,如入无人之境,大批老百姓四散逃亡,流离失所。卫懿公身边的大臣、将士,有的被杀死,有的自杀殉国,没有一个活下来的。至于卫懿公自己,更是被剁成肉泥,惨不忍睹。

这就是著名的卫懿公"好鹤亡国"的故事。

卫国灭亡了,并不是真的全部一扫光。

它还侥幸剩下来一些流亡贵族和平民。在东边的漕邑,他们建立了一个流亡政府,拥立卫戴公为国君。

这个卫戴公,是许穆夫人的亲哥哥。

可是,他的命不好,当上国君后权力也不大,生活条件更不见得怎么好。只能在漕邑的荒郊野外,搭草棚暂时栖身,所有的子民加起来不过五千多人,比现在一个镇长管的人还少。

而且,他的身体实在太差,本来生着病,加上一路颠沛逃难,惊吓连连，当了一个月国君，便死掉了。

国家不能一日无君。卫国人没办法，又把戴公的弟弟抬了出来，立为国君。这就是卫文公。

战乱频仍，国君换了一个又一个。

许穆夫人听到卫国的这些消息，心乱如麻。她求许穆公发兵帮助卫国。可是许国本身那么弱小，平时一直活在强国的阴影里，许穆公哪有这个胆子？发兵支持卫国的事，不了了之。

许穆夫人焦急地想奔回卫国，回到亲人身边，看看究竟发生了什么，能不能帮上一些忙。哪怕在亲人边站一站，对于她这么爱国的人来说，都是一种安慰。

可是，那时条条框框的限制很多，回一趟国不容易。

她冲破重重阻力，最后还是成行了。她的这趟"回娘家"，成就了一篇千古流传的佳话。

许穆夫人回娘家这件事，不是单纯地探望那么简单。

《淇县志》里记载："戴公之妹许穆公夫人闻卫危，由许国来到漕邑，向周围强国奔走呼吁，要求相助。"

漕邑，正是卫国流亡政府的所在地。许穆夫人到这里来，可以看望自己的兄弟卫文公，可以吊唁刚刚死去不久的哥哥戴公，也可以见到已剩不多的卫国子民和故旧。

她有一首诗作《鄘风·载驰》，生动地记录了她"回娘家"的曲折经历、坚定决心和主要目的。

诗开门见山地说：

载驰载驱，归唁卫侯；

驱马悠悠，言至于漕。

大夫跋涉，我心则忧。

驾起马车飞快地跑，回到卫国去吊唁死去的国君。赶着马车走过长长的路途，终于快到目的地漕邑。可是，一帮许国的大臣跋山涉水追上来，想阻拦我回到故国，我的心里充满了忧伤。

这些许国大臣为什么要阻拦许穆夫人回卫国呢？别人回自己的娘家，关你们这些局外人什么事？

事情可没那么轻松。

春秋战国时期思想确实很活跃，提出什么政治和道德主张的都有，但不能说没有任何礼法的束缚，想干什么就干什么。

《礼记》里有一条严格规定："妇人非三年之丧，不逾封而吊。"这是说，嫁到别国的女子，如果不是父母死了（按当时的规定，父母死了才必须守孝三年），是不能够跨越边界回去吊丧的。

现在，卫国刚死的卫戴公只是许穆夫人的哥哥，前不久死的卫懿公也不是她的父亲。那她这次回卫国，分明违反了《礼记》的规定。

那些抱着礼法大棒的大臣，无疑认为自己站在正义的一面，有权力、有责任阻止许穆夫人回国。因而，你跑得快，他们追得更快，一定要把她拦回去。

许穆夫人当然不愿意回去，她当即表明了态度。"既不我嘉，不能旋反；视尔不臧，我思不远。"你们追了上来，对我的行为不赞成、不嘉许，但无论如何不能立即跟你们回去。你们既然没有什么更好的计划，那我的想法看来比你们的还可行、还有效。

她毅然决然继续前行，登上了高高的山冈，采了些贝母，这种草药据说可以治疗忧伤。她自我辩解道："女子善怀，亦各有行。许人尤之，众稚且狂"。我们女人虽然思虑挺多的，但并不是乱想，而是自有道理和主张。你们这帮许国大臣不问缘由来责备我，真是既幼稚又狂妄。

进入卫国地界，到处是茂盛的麦田，风吹起一阵阵麦浪。

许穆夫人没有心思欣赏美景，她得赶紧想办法挽救这个国家。"控于大邦，谁因谁极。"她认为，当务之急是快快去找大国控诉、求援，依靠他们来帮忙、救助。

她怒怼许国的大臣，你们这些人不要再反对、再责备。"百尔所思，不如我所之"。你们纵有千百个主意，不如我自己选定的向大国求救这条正路。

这就是许穆夫人诗歌《载驰》的主要内容，从中可以看出她旗帜鲜明的态度。

那她实际干了什么呢？

《左传》说，许穆夫人写了《载驰》这首诗，齐桓公派出了齐国的公子无亏带领三百辆战车、三千名士兵到漕邑守卫，还送了猪、牛、羊、鸡等许多礼物。也就是说，齐国最终出手，帮助卫国复国了。

卫国这时的国君卫文公是比较英明的。

《鄘风·干旄》里讲他重视人才，派人去招徕贤士。"孑孑干旄，在浚之郊。素丝纰之，良马四之。彼姝者子，何以畀之？"他们树起高高招贤旗子，在那浚邑的近郊。旗边镶着白丝线，用四匹好马做招贤礼。他们发出呼唤：请问那位贤士哥，你用什么来回应？——他们招贤纳士，是真心诚意的。

《鄘风·定之方中》里说卫文公"定之方中，作于楚宫"，在楚丘建造了新的宫殿。他日夜为国操劳，国力渐渐恢复。"匪直也人，秉心塞渊"，他为人踏实，考虑长远，为百姓、为国家在尽心工作。不几年，"騋牝三千"，良马发展到三千匹，是齐桓公赠给他们时的好多倍了。

卫文公没有辜负许穆夫人的一番苦心。许穆夫人达到了自己的目的。

当时，齐国为什么会出手？

这中间，有三种可能：

一是齐桓公读到了许穆夫人的诗歌《载驰》，深受感动，加上有着现实的国家利益考量，决定出手相助。

二是卫国听从了许穆夫人的建议，派人到齐国求助，齐国答应帮忙。

三是许穆夫人像诗中所表达的那样，亲自到齐国跑了一趟，当面向齐桓公要求帮助复国，完成了夙愿。

这当然都是推测，没有史料确证，但无可怀疑的是，许穆夫人在卫国复国的过程中，起到了极为关键的作用。这注定了许穆夫人的事迹将千古流传。

首先,她的诗歌《载驰》本身就是一篇佳构,不论谁来写文学史,都必须提到它。

其次,她对祖国的赤诚、热爱,永远可作为典范。

再次,她富有主见,坚持正义,敢于同反对力量做斗争,而且有智有谋,懂得在强权之中选择利用大国的力量,达到自己的政治目的。这在当时不失为一种明智的策略。谁说女子不如男!

第三章 谁的青春没有一次偷偷的约会

——将仲子兮,无逾我墙,无折我树桑

他站在院墙外,前后观望了一会,稍稍犹豫,终于下定决心,攀上墙头,一跃而下,蹑手蹑脚来到她的闺房外,轻轻敲了三下窗!

那是他和她约定的暗号。窗开了,他麻利地跳了进去。她探头出来,望了几眼,见没有动静,赶紧把窗关了。

这样的恋爱方式,哪怕只是想一想,都觉得既新奇又刺激。而今天,爬墙见情人的人肯定不多了。农村里拥有大院墙的人家已没剩几户,城市里都是高楼大厦,去哪里爬呢?再说,打个手机,发个信息,多方便啊,犯得着那样艰难吗?

爬墙这种谈恋爱的方式,注定是古老的。古老到《诗经》中,就有男人"跳墙"去偷会自己的女友了。

很久以前,在河南新郑,有个男子,具体姓甚名谁,已经不太清楚。

他在家排行第二,所以大家都叫他"仲子"。

仲子谈了个女朋友。

女友的家庭谈不上豪门大户,但也称得上是小康之家。一座小小的庭院,院中栽着杞柳、桑树、紫檀等树木,形成一片园林,几幢房屋掩映其间。可以看出其家境是比较富足的。

两人正当年少，情热似火，巴不得天天在一起。

但是，没有通过父母之命、媒妁之言，兄弟们和街坊邻居们都还不知道这件事，他们的恋情完完全全处于地下状态。

这样的来往是有风险的。可越是这样，就越想见面。

于是仲子的"二"劲出来了。他隔三岔五跑到女友家的院子外，因为怕别人看见和发现，偷偷摸摸地如同小偷一般。

他年轻，有力气，身手好，东瞅西看观察一番，趁个没人的当儿，爬上围墙，跳进园子里。这个仲二哥毛手毛脚，只顾自己心中一腔火热，一点都没想到会造成什么后果。

第一回跳墙，位置不对，把杞柳的枝条碰断了。

第二回翻墙进去，运气差一点，把桑树的枝叶弄坏了不少。

第三回跳进园子，又把檀树的枝条压断了。檀木不是一般的木头，可以用来造车，非常名贵。这个祸可惹得不小。

仲子这样三番五次地翻墙逾垣，把他的女友吓坏了。

那个时候，男女之间的礼数和限制，已经变得越来越严。

西周时，男女之间的交往比较宽松，到了几百年后的春秋战国，男女间的来往就不自由了。

儒家的代表人物孟子直接这么训诫："不待父母之命，媒妁之言，钻穴隙相窥，逾墙相从，则父母、国人皆贱之。"没有父母同意，没有经过媒人来提亲，如果钻过洞口偷看，跳墙相会，对这样的男女，父母和天下人都要看轻他们。

这是天下之大不韪，一般人当然不敢冒。

仲子生活的时候，男女之间的"界限"正处于由松到严的转变过程中，没有孟子讲的那么严厉，可也没有早先那样自由和随便了。

这个仲子"二"得可爱，脑袋里直直的一根筋。他不管什么规矩和舆论，想去找女友了，就去找；想翻墙去看她，就去翻，没有丝毫顾忌。

她的女友受不了！

折毁的树木，墙上的脚印，迟早会被人发现的。她的家里有父母、有兄弟，周围有邻居，如果他们知道她在偷偷地和一个男人约会，脸往哪儿搁？

想到这里，她的脸发起烫来，心里怦怦直跳。

得赶紧想办法，劝劝仲子这个傻二哥，不要再这么不顾天高地厚地乱跳墙了。

但她毕竟深爱着他，而且通过他鲁莽的行为，她也感受到了他对她用情至深。何况，她也时时刻刻在想念他。所以她又爱又怕，既想仲子来，又怕仲子来。每天苦苦思念，又生恐家里的人发现她的秘密。

《诗经》里那首《郑风·将仲子》，描述的就是她当时的心理状态。

将仲子兮，无逾我里，无折我树杞。岂敢爱之？畏我父母。仲可怀也，父母之言，亦可畏也。

将仲子兮，无逾我墙，无折我树桑。岂敢爱之？畏我诸兄。仲可怀也，诸兄之言，亦可畏也。

将仲子兮,无逾我园,无折我树檀。岂敢爱之?畏人之多言。仲可怀也,人之多言,亦可畏也。

她这么对仲子说:

求求你,我的仲子哥呀,不要再翻进我家的门户,不要再折毁我家的杞柳。我不是爱惜那杞柳,实在是怕我的父母啊!仲子哥我在想着你,可是父母的训斥,我也感到害怕。

求求你,我的仲子哥呀,不要再翻进我家的院墙,不要再折断我家的桑枝。我不是爱惜那桑枝,实在是怕我的哥哥们啊!仲子哥我在想着你,可是哥哥们的告诫,我也感到害怕。

求求你,我的仲子哥呀,不要再翻进我家的园子,不要再折坏我家的檀树。我不是爱惜那檀树,实在是怕我的邻人们啊!仲子哥我在想着你,可是邻居们的风言风语,我也感到害怕。

这首诗的意思很明白,概括起来,至少说明三点:

一是仲子经常跳墙来与她约会,爱情的火焰烧得仲子焦肝灼胆,再大的风险也阻挡不了他要见她的决心。

二是女孩很害怕,人言可畏,加上还有父母和兄长们的管束,每想到仲子的跳墙行为,她就心惊肉跳,万一被发现就不得了啦。

三是女孩深爱着仲子,虽然仲子很鲁莽,但大概很专一,用情很深。她感受到了这份真爱,也时时刻刻在想念他。

由此可见,仲子的行为使女孩陷入了矛盾的旋涡和深深的苦恼中。

她又爱又怕,既想仲子来,又怕仲子来。每天苦苦思念,又生恐家里的人发现她的秘密。

此事有没有解决的办法?

当然有。最直接就是走当时的"正道",由仲子请媒人到女家来提亲,履行约定俗成的一套程序,两个人便可以正大光明地生活在一起了。

按照诗里仲子的深情,我猜他一定正儿八经请了媒人,前往女家说媒提亲,两个人最终生活得很幸福。也只有这样,才不枉费那一番跳墙的火热劲儿!

而当时仲子不会想到,他的跳墙求爱,会开启后世男人寻找爱人的"跳墙"模式。

从他的角度来讲,也许仅仅是出于赤诚和本能,翻过墙去找自己的爱人,但后来的文学家们觉得这种方式很刺激又很有趣,具有一种传奇意味。于是,在他们的笔下,不断出现"跳墙"寻爱的故事,使"跳墙"这一行为变得暧昧而意味深长。

今天谈恋爱的男女们,如果要送礼,能送些什么呢?一束花,一张卡片,一部手机,一个平板电脑……能想到的只有这类平常事物了。或许贫穷限制了我的想象力。实际上,这些也确实是当前恋爱中的中产阶级男女们经常互赠的东西。

古代的男人会送给女友什么礼物呢?

按照古典小说里的说法,大多是诗笺、手帕、玉佩、绣球之类的物品吧。是不是比现代人更文雅有趣一点?

第三章　谁的青春没有一次偷偷的约会

这其实不算什么，更厉害的是诗歌《召南·野有死麕》中的那位男士。我们绝对想不到，他送给女友的是一种动物。

请注意，这可不是什么萌宠。他送去的是一头獐、一头鹿，而且是一头死獐、一头死鹿。

这实在太别致了。

请不要奇怪。这位男士是一位猎人！在荒烟蔓草的时代里，他把最好的猎物敬献给自己的女友，是理所当然的事情。

首先，他不能把活的猎物送给女友，不管是什么猎物，在野外长大，都带有一些野性，很可能对女友造成伤害。

其次，他不能把猛兽的肉送给女友，这种东西送给国王和自己的贵族主人倒是合适的。但如果是给温柔的女友，确实有一点煞风景。

第三，他先送上的是獐肉，后献上的是鹿肉。獐和鹿同属鹿类动物。鹿类动物在古代不是一般的动物，而是真正的神兽。传说中很多神仙的坐骑就是鹿。

作为一种高贵的动物，它象征着吉祥如意和健康长寿。王公贵族之间互赠礼品，鹿几乎是必选之物。按照《管子》的记载，当时诸侯之间的交往，鹿是很贵重的礼品。

鹿的药用价值也很高，鹿肉的味道鲜美，是非常高级的补品和食物。《本草纲目》记载，"鹿之一身皆益人，或煮或蒸或脯"，鹿的全身皆都是宝，不管是煮是蒸或者做干肉，吃了对人都有好处，是难得的滋补品。

将这样高贵的礼物送给女友，足以表达拳拳心意，似乎还不够，至少得隆重地包起来吧。青年猎人又找到一种清新的包装物——白茅。

春夏时节，一丛丛的白茅生长在山野田间，下半截是青绿的茎秆，上半身是洁白的穗绒，随风摇曳，铺陈成一种寻常而珍奇的秀美。

用这种纯洁的植物，包着獐肉、鹿肉送给女友，沾染着浓浓的春天气息，渗透了茂盛的大自然的味道，充满着阳光、健康的气韵，蕴含着深挚的爱意和情愫，一定会将女友打动。

《召南·野有死麕》描述了整个送礼的过程：

野有死麕，白茅包之。

有女怀春，吉士诱之。

林有朴樕，野有死鹿。

白茅纯束，有女如玉。

那位青春年少的女孩，从头到脚散发出一种活泼的气息，具有一种未经雕饰的美丽。

她接受了他的礼物，也接受了他的爱情。

在对的年纪，碰上对的人；在对的地方，收到对的礼物，还有什么好说的呢？哪个少男不多情，哪个少女不怀春？

但到底是女孩，有点矜持，有点害羞。

她叮嘱男友："舒而脱脱兮！无感我帨兮！无使尨也吠！"她说，你的动作要慢一点，不要拨弄我的围裙，不要把那长毛狗惊得狂吠不已。

这样的语言，真的非常旖旎，可以引起我们的无边遐思。但我觉得，我们别想歪了。

青年猎人给少女送上了麇（獐）、鹿，很有创意地用白茅包好，这是挺正式的送礼，可不是单纯地想谄媚一位萍水相逢的女子，搞一段速战速决的露水姻缘。

诗中明确说这位男子是"吉士"，女子"如玉"，说明他们都是纯洁的人。因而，不能把女子这段叮嘱的话，理解为他们野合的前奏。如果那样，和吉士、玉女的形象就相差太远了。

可能的情况是，两人相会后，情深意热，青年猎人比较主动，女孩已被男友打动，但在未婚状态，心里面有顾虑，不同意男友进一步动作。

依照当时的情境，她应该是劝男友按捺住性子、不能草率，早点让媒人到家里来提亲。诗中的那几句话，大约是叮咛青年猎人到女方家来相亲时，要注意自身形象，"你可要庄重一点，走得慢一点，不要拨动了我的围裙，也不要惊扰了我家的长毛狗"，以便给未来的岳父、岳母留个好印象。

这样，他们的婚事或许能顺利得到长辈的同意。

不管怎么样，青年猎人发动的"獐鹿之礼"攻略，收到了明显效果。他的真情和礼物，俘获了"玉女"的芳心。

男人到了青春期，荷尔蒙分泌增量，春情难免萌动，心底涌起对异性的痴想和追求。

汉水和长江，南方两条宽广而忧郁的河流，横亘在大地之上，日夜不停地向前奔流。如果对岸有一位美女，正是此岸一位男子日夜思念的人儿，他能否渡过这奔腾的洪流？

这个难题，是《诗经》中《周南·汉广》的男主角碰到的人生重大课题。

他是一位樵夫。

樵夫在古代是一种辛苦而出世的职业。他每天得去山上砍柴，以维持基本的生计。生活是清苦的，但因为身在山林，与世俗的生活交集较少，相对城镇居民来讲要逍遥一些，沾染的"仙气"也多一些。

宋代诗人萧德藻写过一首七绝《樵夫》："一担干柴古渡头，盘缠一日颇优游。归来涧底磨刀斧，又作全家明日谋。"这首诗比较形象地刻画了樵夫的日常生活。樵夫每天砍一担柴到渡口去卖，换来一家生活的费用，然后再回去磨刀砺斧，准备明天的工作。

如此循环往复，有些单调，也很"优游"。

大约因为如此，许多爱情传说把樵夫定为主角，而且他们娶的非仙即妖，不是一般的凡间女子。有名的戏曲《刘海砍樵》中的樵夫刘海，娶的就是一位狐仙，两人成婚后家庭和美，殷实富足。

《汉广》中的樵夫没有这么幸运。

或许是家境贫困，或许是地位低微，或许是长得不够帅，或许是思慕的对象太过高贵，反正他陷入的是一场无望的爱情，深深的烦恼因这场爱情与他结缘。

他苦恋着一位女子，这位女子似乎就在眼前，却永远可望而不可及，甚至连接触的机会都不多。他每天在汉水边砍柴，眼中望着的是奔流的江水，心里想的是这位女子，魂不守舍，神思恍惚。

"不如意事常八九，可与人言无二三"，偏偏这种事还不好对别人说。邻居们知道了，只会嗤之以鼻，嘲笑不已，他当然不能丢这个丑。

无法平息的思念和情感需要找一个发泄的口子，他情不自禁地唱起了山歌：

南有乔木，不可休息；

汉有游女，不可求思。

汉之广矣，不可泳思；

江之永矣，不可方思。(《周南·汉广》)

南方有一棵高大的乔木，它的绿荫不让我休息。汉江彼岸游走着一位美丽的女郎，我想要追求却枉费心思。汉水浩荡宽又宽，想要游过难上难。就像长江那样长，想要绕过是痴妄。

一个凄绝的梦想，美好却无法实现。

她在对岸，在那边若隐若现，但江流太宽，游不过去，也渡不过去。这暗喻着，这是一场今生不可能完满的爱情，一个永远无法变现的期待。

女郎长久地占居了樵夫的思想世界。

明知是无望，他还是想着她，朝思暮想，日思夜想，无法止息。他接着唱下去：

翘翘错薪，言刈其楚；

之子于归，言秣其马。

翘翘错薪，言刈其蒌；

之子于归，言秣其驹。（《周南·汉广》）

这是樵夫的美好想象。

山上长满丛丛的树木杂草，我在努力砍荆条、砍芦草。万一她哪天同意嫁过来，我先要把马儿、驹儿喂饱喂好。

樵夫的心里充满了对未来日子的构想。理想很饱满，现实很骨感。他的脑海里是她嫁过来后，一家人其乐融融的画面。

而现实中，是汉水、长江这样无法逾越的障碍和阻隔。唱再多的山歌是没有用的。即使唱到声嘶力竭，也不能撩动对岸女子的心思。

——他们本来就不是一条道上的人，命中注定走不到一起。

不是每一个人都能得到月下老人赠送的幸运"锦鲤",但我们没有理由去讥嘲这位樵夫。人人都有爱的权利,谁说爱情一开始就能保证是完美的呢?

这里,我们暂且把话题转一下。

樵夫的歌声中,提到了"汉有游女"。这个说法暗藏了"汉水游女"的历史典故。了解这个典故,有助于我们知道,樵夫的爱情选择本身是一个美丽的错误。

西周传到第四任君主周昭王时,国势还很强盛,诸侯和各个部落对西周中央政府总体上比较服从。为了讨好和巴结周昭王,位于现今浙江南部的东瓯部落献上了两位美女,一位叫延娟,一位叫延娱。

江浙自古多佳人,延娟、延娱自然是绝色。

传说她们身轻如羽,走在尘土上不留痕迹,在太阳下活动没有影子,而且能说会道,巧善歌笑,得到了昭王的朝夕宠爱。

红颜往往薄命。

周昭王时期,南方的"荆楚"等部落不太听话,他们又恰恰控制了那个时候最为重要金属之一:铜。主要的铜矿正好在"荆楚"大地上。当时,不管是制造祭祀用的青铜器,还是锻造各种各样的兵器,都离不开铜。

占有和掠取这些铜矿资源,成为周昭王的当然要务。加之周昭王也想扩大自己的地盘,建立不朽功业。在这样的动机驱使下,他召集军队开始征伐"荆楚"。

征战并不那么容易,荆楚一带民风强悍,雄蛮有力。昭王三次渡过汉水,发动战斗,都遭遇了顽强的抵抗,周朝军队损失惨重。

特别是第三次征伐,更是全军覆没,惨况空前。

史书上说,周昭王在渡汉水与荆蛮军队交战时,不幸身亡,由此"南巡不返"。两位美女延娟、延娱,当时正在船上伺候昭王,"同溺于水",香消玉殒。

——插叙一句,虽然周昭王死了,但周王朝与荆蛮的战争没有停止,《诗经》中的《小雅·采芑》精细地描写了后来周宣王时代一次庞大的军事演习,目的就是警告"蠢尔蛮荆",竟然敢与"大邦为仇"。可见,周王朝一直在做着抢夺荆蛮地盘和资源的努力。

大概是可怜两位美女延娟、延娱的无辜死去,在人们的传说中,两位美女没有彻底消逝,而是幻化成仙。其后数十年,江边的人们不时见到她们在水面上游玩嬉戏。

这就是"汉水游女"的由来。

事情还没完。

多年之后,有个叫郑交甫的名士出现了。他既有闲又有钱,住在汉江一带,常在江边游乐。有一天,在飘渺的烟水云雾中,两位美女出现在岸上。她们的衣着华丽,她们的体态轻盈,她们的容貌姣好,依稀是当年延娟、延娱的模样。

特别是各自佩戴着两颗明珠,足有鸡蛋那么大,为世上罕见。

郑交甫读过一些书，有点呆，也有点小流氓习气。他不知道这两位美女的真实身份，只是被她们的气场所吸引，小心脏怦怦怦跳个不停，急不可耐地想上去撩她们一下。

他对仆人说："我得找她们去，把她们身上的佩珠要过来？"

这是一个非常大胆的想法！

一则佩珠相当名贵，价值不菲，初次见面敢开口索要，要有很强的心理素质才行。二则佩珠不是一般的礼物，古时常当作男女间定情的信物。

郑交甫的内心想法由此可知。他的脸皮不是一般的厚。像许多名著里描写的，仆人通常比主人清醒。仆人明确告诫他："您恐怕要后悔的。"

郑交甫自信得很，没有理会仆人的劝说，径直走向两位美女，搭起讪来："小姐辛苦了。"

两位美女即刻应道："您当客人的才辛苦，我们哪里会辛苦？"

郑交甫一看这么容易搭上话，不由得放肆起来，他有意展示自己的口才和文采，说出一串掉书袋的语言，向美女讨要起玉佩来。

他说："橘是柚也，我盛之以筥，令附汉水，将流而下。我遵其旁，彩其芝而茹之。以知吾为不逊，愿请子之佩。"

什么意思呢？用现在的"人话"来说，即是：橘子、柚子啊，我把它们用竹筐装了，放进汉水，顺流而下。我在旁边陪着它们，沿路采食道边的芝草。我知道这很不礼貌，但还是请求你们把佩珠赐给我。

话说得含蓄，但意思很明显，他把两位美女比作橘柚，想一筐端了，从此这一生香草美人相伴。

出人意料的是，两位美女听了，没有表现出怒意，竟然宽容大度地把佩珠解下，送给了郑交甫。

郑交甫没想到这么顺利，大喜过望，赶紧接了，贴身放到怀中。

走了几十步后，他越想越不对，天下哪有这么简单的事？一摸怀中，佩珠不见了。回头再看两位美女，也不知到哪里去了。

一切都是梦幻！

真正的爱情从来不是凭空而降的馅饼。郑交甫这个纨绔子弟，以为捡了个大便宜，到头来只是一场空，受到的是一个不动声色、不留痕迹的教训。

"汉女游女"这个形象，大约是那些无望爱情的最好注解。

再回头去看看那位在汉水边砍柴的樵夫，"汉有游女"这个意象，预示着他的爱情是不会成功的。

他的山歌唱得再好，结局也只能是空无。他心目中的情人像"汉水游女"一样，只是虚幻的想象，永远"不可求思"，最终是靠不住的。

汉水樵夫唱山歌示爱失败，如果换成另一种方式，比如跳舞，会怎么样呢？

让我们把目光从汉水流域转到中原的陈国。

这个国家不大，但有一个特点：许多人喜欢跳舞。而且，有相当一部分人跳的不是普通的广场舞，而是带有神神秘秘色彩的巫舞。

跳巫舞的灵魂人物，是女巫或男巫。其中，不乏漂亮或帅气的。

尤其那些年轻的女巫，穿戴着特别的装束，佩饰着绚丽的色调，在平民百姓眼中有一种神奇的美丽。

一些青年男子常被她们的气质、舞姿所倾倒，在心中燃起情爱的火焰。

《陈风·宛丘》所描写的，就是一位跳舞的女巫。

宛丘是一块丘陵高地，陈国人喜欢到这里游玩观赏。这里是他们的公共活动场所。

女巫正在这个地方跳舞，熙熙攘攘一大群人围观。人群中一位男子对她爱慕至极，心里不时发出惊羡、哀怨和感叹。

子之汤兮，宛丘之上兮。洵有情兮，而无望兮。

坎其击鼓，宛丘之下。无冬无夏，值其鹭羽。

坎其击缶，宛丘之道。无冬无夏，值其鹭翿。

在那位男子眼中，女巫漂亮、奔放，全身散发出激情，是一个不折不扣的灵魂舞者。

你的舞姿摇摆荡旋，跳动在宛丘上面。我是真心恋慕你啊，却没有任何希望。

你把鼓儿敲得咚咚响，舞动在宛丘下面。不管寒冬与炎夏，鹭鸶羽毛手中扬。

你敲打瓦盆当当响，你舞动在宛丘边的大路上，无论冬天和夏日，你身上鹭羽叫我念想。

这是男子的真实心理状态，实质上也是一场单相思。

"洵有情兮，而无望兮。"摆明了男子在白想。他内心的情感已经泛滥成灾，女巫说不定一点也未曾注意到他，他一厢情愿的热情只能是"无望兮"。

仔细想一想他的情形，这种爱情结局是必然的。

那个时候的女巫相当于今天的明星、网红，每天在大庭广众之下跳舞，是响当当的公众人物。

《说文解字》中说："巫，祝也。女，能事无形，以舞降神者也。"

按这个说法，女巫能够用跳舞这种形式，沟通人与神之间的关系，跳舞的过程全程硬核，绝对的厉害和神奇！

而那位男子，不过是一名普通观众，怎么能引起她的关注呢？像现在，一个送外卖的小伙，喜欢炙手可热的当红女星，也只能是在心里"喜欢"而已，还能怎样呢？难道让女星真的嫁给你一个送外卖的"骑手"？

这不是什么阶层歧视，而是现实生活中像泥土一样真实存在的鸿沟。

况且，躲在人群中观看女巫跳舞的男主角连表白的勇气都没有，既没有大喊一声"我爱你"，也没有大胆冲上去和她共舞一曲。这种埋在心底的爱，注定永远埋在心底了。

离开宛丘，去东门看看吧！

东门是陈国的恋爱圣地。

依照《陈风·东门之池》的介绍，这边的护城河是青年男女浸麻、洗麻、漂麻的地方，——麻是当时的一种重要作物，是织麻布、做衣服的必备原料，——男男女女经常聚集在这里，一边干活、谋生，一边说笑、唱歌，对倾慕的人诉说情意、表达衷肠，空气中弥漫着爱情的气味。

《陈风·东门之杨》里也说，东门是约会的地点。"昏以为期，明星煌煌"，黄昏来临，长庚星出来时，约会的时间便到了。"人约黄昏后"的恋爱传统，在这么古老的时候已经有了。

因此，在东门，我们或许能够看到跳舞撩妹成功的典型案例。

别说，东门的白榆树下，果真有一位姑娘在跳舞。

她是子仲家的女儿，也常常在宛丘的栎树下跳舞。舞姿婆娑，婀娜多情，让人心魂荡漾。（《陈风·东门之枌》）

她的男友也会跳舞。

一个天气高爽的清晨，他约她到城南的广场上，放下手中搓麻线的活儿，一起在放广场上热情奔放地跳一回舞。

两个人情投意合，跳舞是传情达意的一种方式。男的邀请女的，表达的是一份爱意；女的愿意和男的跳舞，表示接受你的深情。

特别是"不绩其麻，市也婆娑"，手中的活都不干了，还和你在众目睽睽的广场上去高调地舞上一回，明明白白向世人宣布：

我们是情人！我们是一对儿！

美好的时光过得飞快，两人跳了好久的舞，浑然不觉已到该回家的时候。

"视尔如荍，贻我握椒。"他们俩你看着我，我看着你，越看越欢喜，男孩觉得女孩像粉红色的荆葵花那么漂亮，女孩赠给男孩一把香喷喷的花椒子，表达永结同心的意愿。

花椒是有特殊含义的。

汉朝宫廷里把皇后的住处称为"椒房"，祝福皇后多子多福，皇室后代繁衍兴盛。

《诗经》中的另一首诗《唐风·椒聊》，直接把女子比作花椒树，结了很多花椒子，寓意着这位女子生育能力强，值得大赞特赞。

这么来看，我们女主角送给男友一把花椒，蕴含的意思十分深远。那个场景，不知要让多少单身男女羡慕得心痛。

跳舞这种示爱方式，有时也是很管用的。

并不是所有的爱情都有表白的机会，也不是所有的男子都有表白的胆量。

秦地的秋天，凉风吹起，水瘦了下来。

一位男子沿着河边，时走时停，惆怅地望着远方。

相对于中原来说，秦地靠近边境，常年与戎狄交战，民风甚为粗豪，展现的大多是孔武有力的形象。

这位男子是秦国男人中的另类，他的性格是那么温润、委婉、柔情，他的模样是那么清秀、俊美、英朗，丰姿卓然，潇洒飘逸，好一位"男神"!

他一点也不开心。

世上的好女人那么多,偏偏自己中意的那个人,只能远远地遥望,没有接近的机会。

这个女子时常乘舟在水上漂游,有时也在小洲上逗留。

他不敢向她诉说自己的心意,又想寻找一切机会去接近她;可远远地看到她时,又没有勇气再上前一步了。

蒹葭苍苍,白露为霜。所谓伊人,在水一方。溯洄从之,道阻且长。溯游从之,宛在水中央。

蒹葭萋萋,白露未晞。所谓伊人,在水之湄。溯洄从之,道阻且跻。溯游从之,宛在水中坻。

蒹葭采采,白露未已。所谓伊人,在水之涘。溯洄从之,道阻且右。溯游从之,宛在水中沚。(《秦风·蒹葭》)

一片一片的芦苇,在水中随风摇摆。洁白的芦花,飘动在秋日的清晨里。

天气已经转冷,芦苇上的露珠凝结薄薄的白霜。他在努力找寻的那个人儿,却在水的那一方。

她有时在水草丰茂处,有时在清浅的水滩边,似乎摆渡过去就能见着了,却总是可望不可即。

逆流而上去找她吧,道路是那样险阻而且漫长。顺流而下去找她吧,她好像停在水中央,——那是一段无法逾越的距离,周围闪烁着同情的波光。

总之,可以望见她,但不能与她面对面地交谈。她所处的地方不太远,却不能肩并肩和她站在一起。

爱情让人揪心。

如果是一个脾气急躁的人,大概早做出了选择。要么冲上去大胆地说出自己的想法,要么转身远去,放手这份没有前途的爱情。

这大概也是很多现代人的想法。一位叫郑钧的摇滚歌手唱道,"幸福总是可望不可即/我什么时候才能够满意/能够得到你/我讨厌了失败我讨厌了等待/这样的日子我已经无法再忍耐"。

古代的男子,要含蓄一点。他们宁愿徘徊、彷徨,也不愿热烈、冲动地跑上前去。

比如,王城附近的一位男子,想念着一位姑娘。

彼采葛兮,一日不见,如三月兮!

彼采萧兮,一日不见,如三秋兮!(《王风·采葛》)

这位姑娘先是采葛,后是采蒿,大约被这位男子撞见了,一见倾心,从此忘不了。他又是个有修养的人,不想让人看出他的内心想法。思念确实太强烈了。一天不见,像隔了三个月。到后来,一天没见着,他竟觉得有三年那么长。相思越来越深重。可他依然默默想念着,没有大张旗鼓地寻找,没有呼天抢地去宣传。

《蒹葭》中的秦地男子也是这样的人。

他同样有着很高的修养,有着等待的耐心。人生中很多事情,包括爱情,本不会有什么立竿见影的答案,其价值就在于艰难追索的过程本身。

把每个日子过充实,岁月就没有虚度。

再者,真正的爱情,绝不是强迫的结果,也绝不是死皮赖脸祈求的结果,而是自然而然的两情相悦、水到渠成。既然她依然远远地站在水边,没有躲到找不见的地方,他就会终生守望,默默地看着她,静静地想着她。

这种爱情姿态,无疑是崇高的、美丽的。

对如此伟大的爱情态度,人们是懂得的。后来,很多人喜欢用"望穿秋水"来表达对情人的盼望和热念。在这个词中,我们可以看到《蒹葭》中男主人公伫立秋水边那孤独而执着的背影。

到了现代,琼瑶阿姨写出了著名的言情小说《在水一方》,并改编成电视连续剧,同名主题歌的歌词直接化用了《蒹葭》的诗意,经邓丽君演绎后,华人世界几乎无人不知此歌。

这从一个侧面展示了《蒹葭》式爱情的永恒魅力。

无独有偶,当时的陈国也有这样一位痴情男子。

月出皎兮,佼人僚兮。舒窈纠兮,劳心悄兮。

月出皓兮,佼人懰兮。舒忧受兮,劳心慅兮。

月出照兮,佼人燎兮。舒夭绍兮,劳心惨兮。

(《陈风·月出》)

温馨的夜晚,月亮出来了。清凉的月光把大地装饰成一片银色。

最是月夜动情思,叫人如何不想她。自己的意中人正走在朦胧的月华中,月光映在她的脸上,她面容姣好,她步履轻盈,她身姿曼妙，仪态万千。

他心中恋慕着这位女子，心里全是她的倩影。她是不是爱他，却不得而知。

守望、思念、焦灼，成为他此时唯一能做的事情。

这是一段正在进行中的恋慕，要想知道结局，还要看这位痴情的男子有没有实际行动。

可是，万一她拒绝了呢？

或许，爱情最美妙的地方，并不是获得，而在相思本身。这种"忧思牢愁"，与朦胧的月色交织在一起，呈现出别样的意蕴。

不管这场爱情的结果如何，多年之后，都将成为无可替代的情感记忆。

第四章 单恋是我一个人的秘密

——有美一人,伤如之何?
寤寐无为,涕泗滂沱

俗话说，"男追女，隔重山；女追男，隔层纱。"在两性关系中，男性比较容易冲动，通常是主动出击的一方，女性相对矜持，一般是被动承受的一方。在婚姻问题上，男的即使主动追求，大多也要经过一番曲折，才能把心仪的女子娶回家，如同隔了几座山。相反，如果女的追求男的，成功率会较高，基本上十有八九能成，因此说"融层纱"。

现代社会开放包容，男女平等已经成为最基本、最起码的共识。但即便是现在，女追男还属于偏少，那在古时候会怎么样呢？

在古老的先秦时代，会不会存在"女追男"的现象，她们有那个胆子吗？她们会主动"撩汉"吗？如果会，那时"女追男"的成功率怎么样？有没有像俗语里说的"隔层纱"，轻而易举把男人的心俘获？

让我们打开《诗经》，找一找答案。

我国现行的《婚姻法》规定，结婚时男性不得早于二十二周岁，女性不得早于二十周岁。现今的社会风气开放，生活方式非常多元，而且《婚姻法》明确是鼓励晚婚的。即便如此，对过了婚龄的"剩男""剩女"，父母长辈仍然常常催迫不已。

与此相反，古代是提倡早婚的。结婚早，生孩子就早，人口越多国家越强。所以各个国家的统治者都希望自己的国民能早点结婚，早生孩子，让劳动力多起来。

西周朝廷规定，男子二十岁"冠而列丈夫"，女子十五岁为"及笄"。就是说当时女孩子十五岁即达到法定婚龄，甚至更早。春秋时越王勾践更是直接从制度层面提要求："女子十七岁不嫁，其父母有罪；丈夫二十不娶，其父母有罪。"在这样的社会环境下，年龄一到却没找到对象的姑娘肯定是非常着急的。

《召南·摽有梅》中的女子，正在为时光流逝、年岁渐长，没有人前来求婚感到惆怅和心焦。

摽有梅，其实七兮。求我庶士，迨其吉兮。

摽有梅，其实三兮。求我庶士，迨其今兮。

摽有梅，顷筐墍之。求我庶士，迨其谓之。

春天万物生发，生机勃勃，本来应该充满愉悦的心情。可是眼前这繁华景象，转瞬间便会随着光阴的奔流而消失，难免引起人们无边的怅惘。

诗中的女孩子站在梅子树下，看到梅子掉落，感慨韶华匆匆，不由得悲从中来。

梅子成熟了，三三两两地从树上往下掉，起初时剩下的还比较多，十成至少有七成吧。姑娘心里在盼望着，希望有个追求她的年轻人（庶士），趁着良辰吉日来娶她。

时光像流水一般消逝，过了一阵，树上的梅子只剩下三成，姑娘心里有点急了，她心想："追求我吧年轻人，趁着今天把婚期定了，也不管它是不是良辰吉日。"

又过了些日子，树上的梅子掉光了，她拿着筐子把梅子捡起来。多么迅速的时光啊！想到春天快要过去，姑娘更着急了，她在内心里呼唤："追求我吧年轻人，晚春时节我们就在一起。"

这首诗，一层一层往前递进，树上的梅子越来越少，寓意着时间越来越快，姑娘的年龄越来越大，她的心里也越来越焦急。最后，她发出了"同居"的吁求，直白地表达"想嫁"的迫切愿望。

而按照《周礼》的规定，这位姑娘的要求不仅合理，而且合法。当时，在晚春季节，男男女女可以自由相会，凡是男的到三十岁未娶、女的到二十岁未嫁的，可借这个平台和机会选择对象，不必举行正式婚礼，允许直接同居。

诗中不断地说梅子成熟，暗示我们的"妹子"也长大了，如果再没有人来娶她，她会像梅子一样，在枝头干枯。多么可惜啊！

她最终嫁出去了吗？诗中没有明确交代，但愿她能获得一份美好的爱情。

年龄大了，没有对象，当然是焦急的。但心中有了对象，没和对方"敲定"，或者是说定了，却经常无法相见，心情可能会更加难受。

陈国某地有一方池塘，蒲草青青铺开，荷花亭亭玉立，莲蓬摇曳其中。盛夏时光，不仅仅给人缤纷热闹的感受，也让人容易燃起爱情的想象。

这时,一个气宇轩昂的男子出现了。他在池塘边徘徊,慢慢地踱着步,不知是在欣赏美丽的风景,还是在等待朋友的到来。他的头发有点卷,穿戴齐整,既端庄,又英武。

这样身份不一般、修养不一般、样貌不一般的男子,会令多少姑娘一见倾心啊!

真的有这么一位女子——《陈风·泽陂》中女主角,偶然中看到了他。

这一见,不得了啦!她心中关于婚姻和爱情的所有模糊的向往,一下子有了具象的寄托。可是,她找不到与心上人对话的机会,也没有办法送出自己的表白。这种境遇,把她整个地打垮在相思的泥淖中。

她的具体表现是怎样的呢?来读几句诗:

"有美一人,伤如之何?寤寐无为,涕泗滂沱。"

"寤寐无为,中心悁悁。"

"寤寐无为,辗转伏枕。"

池边的男子就是诗中的"有美一人",由于他的存在,我们的女主角"伤如之何?"——相思彻底变成了神伤,不管是白天、黑夜,不管是醒着、睡着,什么事都做不成。

有时候想得太深了,竟稀里哗啦大哭起来。她忧愁烦闷极了,伏在枕头上翻来覆去,不知道怎么办才好。

最苦唯此单相思。这是一种无法说出的痛,而且,你根本无法预知结局。

桧国的一位姑娘也爱上了一位男子。

《桧风·羔裘》里说这个男子"羔裘逍遥，狐裘以朝""羔裘翱翔，狐裘在堂"，平时游逛逍遥的时候，身上穿的是羊皮袍子（羔裘）。在朝廷和公堂上，穿的是狐皮袍子（狐裘）。

以当时的生产力水平，有资格穿这个档次衣服的人，应该是"大夫"一级的人物，朝中官阶比较高的人。

而我们的女主人公，大约只是一般女子，甚至连贵族都不是。

或许，偶尔的机会，偶然的地点，她接触到了这位官员。这位官员的谦逊、平和，以及那尊重女性的翩翩风度，给她留下了极其美好的印象。

春风吹过心湖，掠起阵阵涟漪。她不可救药地爱上了他。但是，很不幸，她爱上了一个不该爱的人。从此因为心中的这份爱慕，愈加自惭形秽。

他们之间有一条不可逾越的鸿沟。她知道这是一份没有结果的爱情。可是，知道也没有用。理智在理智的山上，感情在感情的水里。理智再强大，也管不了情感的事。

她陷入巨大的思念旋涡中，日日夜夜，无休无止。痛苦而忧郁的词句，火山爆发一般从她的口中涌出。

"岂不尔思？劳心切切。"

"岂不尔思？我心忧伤。"

"岂不尔思？中心是悼。"

用大白话来说就是，我怎么能不想你？我的心里充满了顾虑。我怎么能不想你？我的心满满的都是忧伤。我怎么能不想你？我的心还满怀着恐惧。

她为什么会有这么复杂的内心世界？

诗歌和史籍都没有留下明确的记载和暗示。我揣测：

一是他们的爱情没公开，女主人公想去见心上人，又不敢去见，生怕别人说闲话，心中顾虑重重。

二是女子动了真情，爱如潮水推动着她，但男子不一定知道她的深情，于是女子感到"我心忧伤"。

三是他们之间地位悬殊，即使真的相互之间产生了爱情，最终也不能在一起，想到这个结果，女子对未来满怀恐惧。

几千年之后的今天，我们仍然忍不住对女主人公充满同情。历史的长河中不知淹没了多少这样的爱情。她是幸运的，大胆地说出了自己的爱，终究留下了爱的痕迹。比起那些刻骨铭心爱过却寂寂无名的女子，终究要强得多了。

周平王东迁以后，洛邑成为都城。

那个时候的都城，仅比诸侯的城市好一点，当然无法跟现在的一般城市相比，更不用说和"北上广深"等一线城市相比了。除了城墙内有一些城市的氛围外，城外和农村差不了多少。

《王风·丘中有麻》描述了王城边的风景。

"丘中有麻""丘中有麦""丘中有李"。城外是丘陵，一片一片的坡地，有的种了麻，有的种了麦，有的植满了李树。站在坡上望去，满眼郁郁葱葱的翠碧。风吹过，麻叶轻轻舞动，麦浪此起彼伏，风声在李树林中呜呜地轻唱。

这样美好的景色中，必须发生点什么才对。当我们这么想着的时候，爱情在这里萌发了。

一位姑娘，看中了一位男子，希望和他定下情来。他们之间，明显是女方主动。对于女方的情意，男方是乐意应和的，是真心诚意表示接受的。

在麻叶地里，女子对男子呼唤道，"彼留子嗟，将其来施施"，我的心上人，请你慢慢走过来。

在麦子地里，女子朝男子呼唤道，"彼留子国，将其来食"，我的心上人，请和我一起来吃饭。

到了李树林里，不再是女的呼唤了，变成了"彼留之子，贻我佩玖"，我们的大美男子，郑重其事地把佩玉送给了姑娘。

回顾一下这个过程，他们的爱情是循序渐进的。

首先在麻叶地里，姑娘碰上了少年，一见钟情，主动发出邀约。

然后，他们在麦地里约会，共同野餐，享受两情相悦的激情和美好时光。

再次，他们在李树下定情，美男子把珍贵的佩玉作为信物送给姑娘。闻一多说，这是"合欢以后，男赠女以佩玉"。

青年男女的交往，必然不断掀起爱情的热浪。玉代表纯洁、坚贞、牢固，象征着他们的爱情会非常坚牢、恒长、持久。

王城边的女子热情、主动，郑国的女子同样不逊色。

又是一年上巳节（每年三月的第一个"巳"日，后来发展成

"三月三")。春水初涨，河水浃浃，满目生机。

郑国的人们成群结对来到溱水、洧水边，用清澈、干净的河水洗去身上的污垢，祓除不祥，祈福此生平安、岁月静好。

游春、洗涤的人非常多，三五成群，熙熙攘攘。春风吹拂，人们的脸上绽放出欢快的神色。

她来了。他也来了。

他们各自手执一朵兰花。这是大泽兰，长在水边，很香，很美。

瞬间，他们看到了对方。她看着他，他看着她。这一天的气氛特殊，万物复生，郁郁勃发，爱情常常更容易来临。身边人流涌动，他们竟似感觉不到，眼中仿佛只有彼此。

短暂的定格后，开朗的她主动打破沉默。

女曰："观乎？"

士曰："既且。"

"且往观乎！"（《郑风·溱洧》）

她问："去看看吗？"

他说："已经看过了。"

"再一起去看看吧！"

女孩比男孩主动，也比男孩热情。她的多情、大方感染了他，也打动了他。他陪伴她来到洧水边。宽阔的水面，嬉闹的人群，他俩加入到盛大的玩乐队伍中，越来越欢乐、越来越开心。

维士与女，伊其相谑，赠之以勺药。

他们还互相赠给对方一朵芍药。芍药的花语是，情有所钟，

第四章 单恋是我一个人的秘密

依依不舍,难舍难分。慢慢地,她和他之间的心墙消失了,两人变得亲密无间,互相调笑戏谑。周边的人已经全不在他们的眼中和心中,全世界好像只剩他们两个人。

东门之墠,茹藘在阪。其室则迩,其人甚远。
东门之栗,有践家室。岂不尔思?子不我即。

(《郑风·东门之墠》)

爱情燃烧的日子,可以让人忘记现实中的许多事情,可以让人魂不守舍、行尸走肉,可以让人信誓旦旦、山盟海誓。

一对郑国的青年男女心心相印,早已定下今生的缘分。他们的日子过得柔情蜜意,连身边的空气和风景都似乎贴满了大大的"甜蜜"标记。

可是,再狂热的爱情,不可能总停留在缥缈的天空,最后还得要扎根在坚实的大地上。

如果两个人是贵族身份,男的可能要去学文化、去完成公务,女的也得去学礼仪、做针线。

如果两个人是普通平民,那更得去帮助家里干活,维持生计。

反正有那么一阵子,男子被太多的事情缠住了,忙得很,脱不开身来见女友。应当说,并不是男的变了心,他不过是太忙了,抽不出时间来卿卿我我。

而那一阵,女友没有什么事做。人一闲,心里就会乱想。加上女性本质上比男人敏感。看到男友这么久没来看自己,女孩不乐意了。

他们俩的家,都在离城市东门不远的地方,隔得这么近,却见不着,心里的苦可想而知。大概她骨灰级的闺蜜也不多,这个私密的事找不到合适的人倾诉。

心里实在难受,无人的时候,她唱了出来:

一道长堤(墠)横亘东门边,斜斜的坡上茜草长满。你家的房子近在眼前,而你显得那么遥远。

一排排栗树挨着东门,我家的小屋齐齐整整。怎不对你日思夜想,你却不向我来靠近。

歌为心声。她唱的,正是她的一腔怨望。这种心情,恋过爱的人大约都能理解。什么叫"咫尺天涯"?这就是典型的"咫尺天涯"。隔得那么近,偏偏无法相见、相聚、相守。

男的在忙着,俗事占据了他的双手,消解了他的一部分思念。我们的女主人公,因为正处在"空档",内心里充满了煎熬,她的歌声中满满的都是怨念。

和她一样,另一郑国女子,这时也在用歌声诉说自己的思念。

彼狡童兮,不与我言兮。维子之故,使我不能餐兮。

彼狡童兮,不与我食兮。维子之故,使我不能息兮。

(《郑风·狡童》)

这歌声,直接而热烈。

她看上了一个男子,不知怎么的,两个人闹了矛盾,男子发飙,不理她了。她痛苦得很,把自己的想法唱了出来:

那个狡猾的男子,不和我说话了。因为你的缘故,害得我吃不下饭了。

那个滑头的男子，不和我吃饭了。因为你的缘由，搞得我睡不安觉了。

她的心里头始终装着他，她多么盼望这位美男子马上来到她身边啊！

人非草木，岂能无情。

如果男友能听到女子如此直白、热烈的歌声，一定会放下手中的活计，来到她们的身边，慰解她们的相思之苦。

我们或许可以给她们出一个主意，让她们把这首歌写在手帕或树叶上（不要问为什么不写在纸上，那时纸还没有发明呢），找个机会送给男友，男友定然会被这份深情感动，好好地待她一辈子，让她幸福一辈子。

唱出自己的思念，让男友回到身边，这种直抒胸臆固然是一个好办法，而一位山西女子，想出了用"吃喝"来吸引男友的招数，似乎同样有效，还显得更委婉、精妙一些。毕竟大多数男人都是品质纯正的吃货。请他吃饭、喝酒，给他做好吃的，毫无疑问，是极为厉害的一招。

这话可能有一点夸张，但不能不说美食是诱惑男人的一个重要因素。

那个山西女人，在《唐风·有杕之杜》中这么表达她的策略：

有杕之杜，生于道左。

彼君子兮，噬肯适我？

中心好之，曷饮食之？

她说，单独一棵杜梨树，孤孤单单长在道路的左边。那位贤良的君子，可肯到我这里来？我的心里实在喜欢他，何不用好酒好菜招待他？

杜梨是一种高大乔木，树形优美，花色洁白，对水土没有什么要求，连盐碱地都能生长，在北方很常见。它的果子酸涩，可以用来治疗腹泻。

《救荒本草》上还说，它的叶子微苦，"用油盐调拌即可食用"。在粮食匮乏的大灾之年，这种植物是极好的食物来源。

这位山西女人把自己比作一棵杜梨。

以树喻人，我们可以知道，她算不上高贵、漂亮、特出，只是普普通通的一个北方女人，但正如杜梨树一样，很坚强、朴实、耐用，是典型的贤妻良母。

杜梨树通常是一排排地栽种，而这棵杜梨，孤零零地长在道左，大约暗指这位女子此刻正是单身。

她多么渴望找到中意的伴侣啊！

实际上，她已经有了意中人。她想着他，却不知道他的意向如何。她不过一个平常女子，他看得上她吗？她有点担心，不断地念叨："彼君子兮，噬肯适我？"那个人肯不肯来看我呢？能不能到我这里来呢？

她没有把握。

所以，为了表示对心中那位"君子"的爱意，她祭出了最厉害的招数——请他喝酒、吃饭。

可以想象，这个请客和招待，绝不会像现在一样，找个小酒馆，两个人喝几杯、聊会天，就算了。

这是一个大展厨艺的好机会。她一定亲自下厨，做上几样好菜，端上自酿的果酒。她和他对坐，殷勤地给他夹菜、斟酒，絮絮叨叨说一些事情，场景平凡、旖旎，气氛温馨到了极点。

是的，她不高贵，也不艳丽，但她能干、勤快、贤惠，是操持家务的一把好手，强过许多娇娇娜娜、没见过风雨的深闺女子。"娶妻就要娶这样的女人。"那位"君子"端详着她，心里必然这样想。

前面提到的一些女子，大胆、主动地表达了"我爱你""我想爱"的意思，但大体上是比较含蓄的，看不到有什么特别出格的地方，没有超出当时伦理和道德允许的范畴。

另外一些女子，胆子要大得多，性格也泼辣得多。为了爱情，不仅敢说出来，而且有实际行动，敢和男友私奔，敢主动提出同居。这就可能引起风言风语了。

鄘地有一首《鄘风·蝃蝀》。

"蝃蝀"，就是现在说的"彩虹"。风雨之后见彩虹，对我们现代人来说，这是一个正面的、美好的象征。可在古代，彩虹不是什么好东西。按照那时一些专家的意见，彩虹出现，是因为阴阳不和，婚姻错乱，淫风流行。

以"蝃蝀"为题，这首诗描述的内容可想而知。

诗的开头说，"蝃蝀在东，莫之敢指。"东方出现了彩虹，没人敢用手去指。因为古人对虹有禁忌，心里感到戒惧，用手指怕犯错。具体来讲，古人认为，如果不遵守夫妇之礼，"虹气"会比较"盛"，天边会出现彩虹。

诗里接着说，"女子有行，远父母兄弟。"有位女子私奔出嫁，远远地离开了父母兄弟。这就揭示了彩虹出现的原因了，正是这位女子的出嫁，破坏了婚俗和规矩，彩虹才这么灿烂。

诗的最后说，"乃如之人也，怀昏姻也。大无信也，不知命也。"诗歌所斥责的，就是这位女子，破坏、搞乱了婚姻的礼数，不讲什么贞洁节操，也不听父母之命。——全然是一副卫道士道貌岸然的否定、训斥口吻！

仔细读读这首诗，内容其实非常简单：一个女子，不满意父母之命、媒妁之言，跟着自己选定的意中人，跑了。

这在那时，属于不得了的大事！

舆论饶不过她，义正辞严的诗人饶不过她，连所谓的自然景观也饶不过她——偏偏这时候出现了彩虹！

她作为一个反面典型写进了诗里，遭受诗人赤裸裸的批判，警示后来的人不可学她。

这种"定性"，理所当然受到了后来许多思想保守、长着化石般脑袋的人欢迎，许多学者无一例外把这位女子的行为叫作"淫奔"。

我们当然不能这么看！

这位女子，在那么遥远的年代，懂得维护自己的爱情权利，敢于同固有的婚姻礼俗做斗争，跟着自己喜欢的人跑掉，这是多么勇敢、决绝的行为！她是女性解放的先驱，是争取婚姻自由的象征！

这位"彩虹"少女的举动,在鄘地不是个案。此地的另外一位少女,看中了一位未满二十岁的少年郎,可是父母看不上眼,不同意。如果是一般的女子,或许遵从父母的"旨意",屈从了,放弃自己的爱情意愿,由父母另外选一个小伙子。

这位姑娘不一般,她愿意将爱情进行到底,决不轻易放弃自己的选择。

《鄘风·柏舟》中,她明确表示:"髧彼两髦,实维我仪。之死矢靡它。母也天只!不谅人只!"意思是,那个垂发齐眉的少年郎,是我心中追求的好对象。我发誓,到死都不会变心肠。叫一声我的天啊我的娘!为何对我不体谅!

在这旗帜鲜明、理直气壮的呐喊中,什么"父母之命"早被她放到一边了。

可以看到,这个阶段,她只是和母亲讲理,讨价还价,表达自己坚定的决心。

如果母亲再逼下去,或者联合其他长辈一起施压、作梗,以这位姑娘定海神针般的决心,她一定会约请自己的少年郎一起私奔,奔向那幸福的地方。

当然,爱情的火燃起来后,不管是什么地方的姑娘,只要内心足够强大,都能做出"猛烈"的举动,甚至比男性的行动更"过火"。

生活在王城洛阳的一位姑娘，看到大车从身边驶过，想起自己热恋的情人。她的心意和态度远远比男友强烈。

《王风·大车》中，她向男友摆出了态度，"岂不尔思？畏子不敢。""畏子不奔。"她说，难道我不想你？我是怕你不敢，怕你不和我私奔。这说明，她内心的爱火燃烧得很旺，性格比男友坚强、硬实。

她发誓说：

穀则异室，死则同穴。
谓予不信，有如皦日！

如果活着不能同居一室，死也同埋一个坑。你要是不信，就让天上的太阳来作证。

在这样强烈的爱意面前，她的男友怎么能不被俘获？

齐国有位姑娘，虽然没有说什么表达强烈情意的话，她的行为同样耐人寻味。

后来，她的情人写了一首诗，把她和他的私密交往展现出来。

东方之日兮，彼姝者子，在我室兮。
在我室兮，履我即兮。（《齐风·东方之日》）

说的是，太阳从东方升起，有位漂亮的好姑娘，来到我家进了我的房。她进房来干什么呢？她踩了我的膝头伴我诉衷肠。

情况很明白，这是姑娘主动去找男友，在房中伴着他，两人耳鬓厮磨，充满了柔情蜜意。

这里做个小小的解释，诗中说姑娘踩到了男友的膝头，这在现在是不可能的，因为坐在凳子上，除非爬上去踩。古代是席地而坐，完全说得通，说明两个人位置贴得很近，男欢女悦，风光旖旎。

综观以上《诗经》中女性占主动的爱情案例，对本文开头的问题可以给出答案了。

第一，那个时候的女子没有我们现代人想象的那么胆小、矜持，她们在渴盼爱情时，不少人能够放下羞怯、忸怩，大胆、炽热地说出"我爱你""我要爱"，或者是用稍微委婉的方式表达爱意。这是值得赞美、肯定和鼓励的。她们是那个时代的爱情英雄！

第二，虽说"女追男，隔层纱"，有些女性主动出击后，爱情应声而来，获得了和美的结局；但也有一些不成功的例子，女人的满腔爱意，没有得到什么回应。

不管成功，或是失败，这都是正常状态。谁也不能保证"女追男"能够达到百分百的成功率。

第三，在政府、家族、社会和舆论的重压下，《诗经》中的"剩女"非常焦虑，甚至感到不结婚是有"罪"的。其实，她们都想在恰当的时间嫁给恰当的人。由于各种因素，她们没有成功。

在沉重的逼迫中，她们不得不放下身段，主动向男性示爱。——这是不是和现在有些相像呢？今天大龄青年遭父母逼婚的例子不可胜数。当然，现今比古代要宽松得多。希望这个社会对"剩男""剩女"多一点宽容。即使存在"剩男""剩女"也没有什么不好。

比较,世界的参差多态,是人类的幸福之源!

第五章
结婚这件很重要的事儿

——绸缪束薪,三星在天。
今夕何夕,见此良人

一男一女，在人生的旅途中碰到一起，两情相悦，情投意合，顺利的话，最终便会走进婚姻的殿堂。结婚这事说起来简单，在实际操作中，却有着很复杂的程序。

按照古籍《礼记》和《仪礼》的记载，古代结婚有六道程序，即古人经常提到的"六礼"，具体为纳采、问名、纳吉、纳征、请期、亲迎。

第一步，纳采。这就如同现在的提亲，男方请媒人到女方家去说合。

男方要准备礼物，这个礼物一般是"雁"。大雁懂感情，终身一夫一妻，而且讲信用，冬去春来，从不间断。用"雁"做礼物，有很深的象征意义。

这一步是六礼之首。如果女方同意，就按程序往下走。如果女方不同意，后面的步骤自然用不着了。

第二步，问名。男方托媒人问女方的名字和生辰八字。

第三步，纳吉。男方拿到女方的名字、生辰八字后，找一个算命先生，把男女的八字放在一起算一下，看看他们的婚姻合不合。或者到自家的祖庙里，问神占卜，看这场婚姻是否相宜。如果得的是吉兆，便通知女方，决定联姻。如果得的是凶兆，程序到此终止，无须再谈。

第四步，纳征。男方送聘礼到女方家里，表示定下这门亲事。这个环节也叫"下定""文定"，实际上就是订婚。

第五步，请期。男方选定结婚的日子，告知女方家里，征求女方的意见。双方协商同意后，婚期确定下来。

第六步，亲迎。按照约定的婚期，男方到女方家里去迎娶新娘。这是婚礼最后一道程序，表示两人婚礼已成。

当然，把新娘迎到家中后，要大宴宾客、欢闹洞房。在婚礼前一两天，女方会派人送陪嫁到男方家里。这些细碎的礼仪，包含在"六礼"的主干程序中，不再细说。

结合《诗经》中关于爱情、婚姻的一些诗章，再看上面这个"六礼"，可发现，两个人即使真情相爱，也不一定能走进婚姻的圣殿。

这中间，潜在的风险还是很大的。不仅"纳采"时要父母同意，而且"纳吉"环节还要寄希望于神的旨意。如果父母不同意，或问神占卜时得的是凶兆，这门亲事就得告吹了。

能否不走这些繁琐的仪程，两个人直接住到一起呢？答案是，除了特殊情况之外，一般行不通！

中国历来被称为礼仪之邦，对"礼"的要求是很严厉的。一旦真有人不遵守"六礼"，两个自行同居，不仅父母和亲戚不能容忍，他们在社会上也立不住脚，舆论的口水会把他们淹死。

但我们这也不要太过悲观。

翻读《诗经》，还是能看到不少婚姻成功的案例。从诗里的情形揣测，在婚姻仪程中，他们都非常开心。因此，对走进婚姻，要保持勇气和信心。

《大雅·大明》中描绘了周文王和太姒的婚礼：

文王嘉止，大邦有子。

大邦有子，俔天之妹。

文定厥祥，亲迎于渭。

造舟为梁，不显其光。

文王要结婚了，刚好大国有位好姑娘（太姒），长得天仙一样。文王向她家下了聘礼，亲自到渭水迎亲。在渭水上造船架了浮桥，整个婚礼显得宏大、辉煌。

这里提到了"文定"和"亲迎"，讲的就是古代婚礼程序中的第四、六个环节。

"父母之命，媒妁之言。"在古代的小说、戏剧作品中，这是经常出现的台词，也是婚姻程序中的标配。

如果哪对男女没有经过媒人提亲，而是自由恋爱，自行同居在一起，在结婚问题上没有经过"六礼"，搞了跨越式发展，那真的是"冒天下之大不韪"！街坊邻居、左邻右舍必然会议论不止，戳他们的脊梁骨。

《管子》里说，"自媒之女，丑而无信"，明确批评那些不通过媒人就把自己嫁出去的女人，说她们又丑又不讲信用。

对结婚需要媒人的问题,《诗经》早有教导。

《豳风·伐柯》非常直白:

伐柯如何?匪斧不克。

取妻如何?匪媒不得。

伐柯伐柯,其则不远。

我觏之子,笾豆有践。

诗的第一句说,怎么砍伐一根用来做斧头柄的枝条?没有斧头是不行的。

这是起兴,表面是说砍枝条必须要有斧头,强调斧头的极端重要性,实际上别有用意,为了引出下一句。

第二句马上就来了,怎么把妻子娶回家?没有媒人是搞不成的。

这是说,媒人和上一句中的斧头一样重要,是完成婚姻程序的必要条件。没有媒人,与婚姻有关的一切都免谈。

第三句,说的是砍伐那根用作斧柄的枝条,不是没有原则地乱砍,而是有原则、有规则的,而且"其则不远"。具体是什么规则不知道,但至少可以推测,木料要硬,质地要好,大小要合适,否则砍下来有什么用?这也是为了引出下一句。

第四句说,我要见的这位姑娘,挺会料理祭祀供品这些事务,摆得整整齐齐的。

这是当时许多男人心目的原则、规则,或者叫"娶妻观"。砍一个普通的斧头柄都是有"规则"的,对于人生的"另一半"更是马虎不得。

其中重要的一条，是能够在宴会、祭祀等重大活动中帮忙做些事，当然还要健康、壮硕，能多多地生儿育女，如果相貌又美丽，就更好了。

诗中提到的这位姑娘，基本条件显然是具备了的，男方十分满意。

我们完整地解读这首诗，目的和重点主要是"取妻如何？匪媒不得"一句。

这句诗一针见血地指明了"媒人"的重要性，没有他们，古代婚姻"六礼"中的许多环节都完不成。"六礼"中的每个重要场合，媒人都得在场，他们一缺席，"六礼"根本无法进行下去。比如，第一步"纳采"，要托媒人去提亲；第二步"问名"，得托媒人去问女方的生辰八字。

由此可见，媒人在婚姻大事中至关重要，不可或缺。

后来，结婚需要媒人的做法被写进了各种法律、文件。

汉朝的史学家班固记载，当时"男不自专娶，女不自专嫁"。谈婚论嫁时，男女不能够擅自行事，中间得由媒人来沟通信息。

唐朝的法律《唐律》里明确要求，"为婚之法，必有行媒"。这是法律的明文规定，如果私自嫁娶，不通过媒人，那就违法了。

到了宋朝以后，媒人更是发展为一种专门职业。那时的国都开封城中，已把媒人分为几等，用不同的穿着打扮"标记"出来，上等的戴盖头，中等的戴冠子，身上穿的衣服也各不相同。

元朝时，媒人由乡里推选产生，官方进行登记，还要发放专门的手册、资料对他们进行培训，提高他们的说媒业务水平。经过千百年的演变，媒人到此时已经职业化、专业化了。

媒人的称谓挺多的，比如说红娘、冰人、月下老人等。其中有一种称呼，把做媒的人称为"伐柯人"，把做媒叫"伐柯""作伐"。不用说，这是从我们上面那首诗《豳风·伐柯》中引申出来的。

媒人必不可少，这是从通常情况来说的。在特殊条件下，可以变通。

《周礼》规定，男的到三十岁未娶、女的到二十岁未嫁的，每年春天可以到郊野去寻找自己的爱人，只要两个人你情我愿，可以不要媒妁之言，直接同居、结婚。

——在当时的统治者看来，人越多国力越强，看不见摸不着的礼法到底比不上人口繁衍这种实打实的利益。

媒人发挥说合的作用，在男方、女方家里往来穿梭，对八字、送聘礼，费尽口舌，花了许多力气，最终把这桩好事办成了。

这时，就轮到新郎出马了。

按照"六礼"，他得去女方家里"亲迎"，把自己的新娘子娶回来。

依照我们观看影视剧得来的经验，大约就是新郎骑着高头大马，让人抬着大红花轿，带着名目繁多的礼品，领着庞大的迎亲队伍，一路吹吹打打，到女方家去迎亲。

新郎到达之后，有时还得履行繁文缛节，不然新娘的闺蜜或家人不会让新娘出来。为了迎娶到自己的新娘,新郎只得低声下气,向七大姑、八大姨们投以友善的目光,拱手作揖,求得她们的宽容。这个场面很滑稽、搞笑,同时很温暖、和美。——虽然这些都是编剧们想象出来的场面,但实际情况也差不多。

新郎是"亲迎"的主要人物,他的打扮自然不能马虎。

在电视剧中,我们常常见到古代新郎身着红袍红帽,全身上下一片红,喜气得很。——这应该是中古时代的事。

上古时代的衣服,料子材质没有这么多,样式上也拙朴、粗糙一点。但当时有钱人的一个特点,便是普遍用玉来打扮自己,来彰显自己的高贵。

《齐风·著》描绘了一位新郎的样子。

俟我于著乎而,充耳以素乎而,尚之以琼华乎而!
俟我于庭乎而,充耳以青乎而,尚之以琼莹乎而!
俟我于堂乎而,充耳以黄乎而,尚之以琼英乎而!

诗里说,一位新娘子正等着自己的新郎来"亲迎"。这位新郎性格比较稳重,行为有点矜持。或者是拘于当时的礼节吧,他到达之后,不敢跑到新娘的房中去找她,只能在房子中不同的地方转悠,等着新娘出来。

这给了新娘偷偷观察新郎的机会,她越看越喜欢,越看越中意,诗中充满了赞美的语气。

她在心里悄悄地念道:

他等我在屏风前哦,白色的"充耳"丝带垂在帽边,加上那美玉多么明艳!

第五章 结婚这件很重要的事儿

他等我在庭院里哦,青色的"充耳"丝带垂在帽边,加上那美玉光彩闪闪!

他等我在厅堂里哦,黄色的"充耳"丝带垂在帽边,加上那美玉我真喜欢!

这是从一个新娘的角度来看新郎。

她悄悄地看他。而新郎呢,一步一步由外往里走,先在"著"边,这是指大门与屏风之间的地方,说明他已经进了大门,离新娘所在的房间比较远,但新娘已基本能看清他的样子;他接着往里走,走到庭院,站着等待;再往前走,一直走到了厅堂。他离新娘越来越近了,新娘也看得越来越清楚。

新娘对新郎的身材、举止等没做什么观察,而最关注新郎的头部,其中特别是对新郎的帽子,用了很细致的笔墨。

他帽子两旁垂着白、青、黄三色"充耳"——这是一种装饰品,挂在帽子的两边,正好垂在耳边——,"充耳"下面系着的玉瑱闪闪发光,非常醒目。

玉很高贵,是美德的象征。

《礼记》说,"古之君子必佩玉,君子无故,玉不离身"。这位新郎佩戴的玉饰如此明显,大约本人也"温润如玉",德行上是没有什么问题的。

新娘反复偷看新郎的头部,我猜想,还有一个原因,是想看清他的面容,看他长得帅不帅。——女孩子对相貌"帅不帅"是很看重的。——从诗中看,新娘十分满意,因为诗句里跳荡的,都是欣喜的因子。

把新娘迎出来，要走一段路程，才能到男方家里。这一路，为许多爱炫富、摆阔的贵族、土豪创造了机会。

《召南·何彼秾矣》讲得就是这类事。

一位出嫁的姑娘坐在车上。

她非常漂亮，像娇艳的桃李花。

她的车装饰得很浓艳，像唐棣花一样。整个"亲迎"队伍热闹喧腾，轻松快乐。

她是谁呢？"平王之孙，齐侯之子。"她是天子周平王的外孙女，齐国君主齐侯的女儿。——既然是王姬，这么高贵的身份，陪嫁送行的队伍、车辆、行李当然特别庞大。

这一路走来，引起许多人的惊叹。

这首诗，描绘得比较粗略，但能隐约看出当时王公贵族"亲迎"场面的巨大和豪华。

有时，"亲迎"的路途特别遥远。当时，有些跨国婚姻，从这个诸侯国到那个诸侯国车去接新娘，坐马车要跑好多天。

路途虽远，心情不会差。

新郎、新娘坐在车上，想到从今以后，两人琴瑟和鸣，情意绵绵，一起共度人生，那么，即使再崎岖的路程，在他们眼中也变得灿烂起来。

鲁国的叔孙是一位政治家兼外交家，在宋国谈了个女朋友。经过各种礼仪之后，到了"亲迎"阶段。他从鲁国赶到宋国，迎娶新娘回家。

从宋国回鲁国，路程不可谓不长。

由于新娘已经娶到手，他的心情非常好。《小雅·车辖》这首诗写道：

间关车之辖兮，思娈季女逝兮。

匪饥匪渴，德音来括。

虽无好友？式燕且喜。

转动着的车轮"间关间关"地响，美丽的少女出嫁来做新娘；不再感到饥饿和干渴，身边这位姑娘美德多多；宴会上的朋友即便不很多，大家在一起喝酒也快快乐乐。

叔孙作为新郎的心情，实在是美妙得难以形容。

他的车驶过了莽莽苍苍的丛林，树上栖息着成双成对的野鸡。

他回头看看自己的新娘，"辰彼硕女，令德来教"。他的心里既喜悦，又温情。这一回头，他又一次看到了善良高大的新娘（硕女）。她在家受过良好的教育，品德高尚，温柔贤淑，真是越看越欢喜，他决定：永远爱她，绝不嫌弃（"好尔无射"）。

在"亲迎"的途程里，叔孙沉浸在甜蜜中。

他一路在想象，要怎么办酒宴，怎么和新娘对饮，脑海里全是美好的情形。

他的表白也直抒胸臆，"鲜我觏尔，我心写兮""觏尔新婚，以慰我心"。用现在的话说，今天能够遇见你，我心花怒放无忧愁；看到车上的新娘子，我的心里很快慰。

这位新郎官爽呆了！

走完或长或短的迎亲路,新娘终于来到了男方家里。从此,住下来,和男人生活在一起。

这是她的新家,如果不出意外,她将在这里生活一辈子。

《召南·鹊巢》里讲一个女子出嫁,新郎用了一个很大的车队去接她。其中有一句"维鹊有巢,维鸠居之",表面上说喜鹊筑了巢,八哥占据了它,实指新郎造了房子,新娘住了进去。这个比喻很贴切、很精妙。

从日常经验来看,迎亲队伍回来后,不可能把新娘往洞房一送就散了,还有各种各样的礼数和套路。

比如,婚宴必不可少。

宴会的场景,非常热闹。现在的婚宴上,新郎新娘要向双方父母、亲朋好友等致礼、敬酒,进行夫妻对拜,交换戒指,有的还请了主持人、乐队和明星,前来表演助兴,搞得轰轰烈烈。

古代的婚宴或许朴素一点,没有这么多声光电等现代技术元素,没有令人眼花缭乱的西洋乐器,但再怎么朴素,也不会俭朴到哪里去。这是人生大事,对大多数人来说,一生只有一次,必然倍加珍惜。

因此,会尽量办得隆重些,特别是宴席要丰盛。菜要多种多样,酒要管够,让客人们吃饱喝足,开开心心。

这不仅是面子问题,而且也是讨好新娘一方嘉宾的重要举措。婚礼办得豪华,体现的是对新娘的尊重,新娘那边的父母兄弟当然会高兴一些。

可以想见,为了热闹,在那时的婚礼上,也会请乐手来表演,唱一些当时用来祝福的流行歌曲,把气氛搞起来。

歌曲大多是民歌风、民族风的。

周南地区(从洛阳以南到江汉一带)流行过一首《樛木》,就是在婚宴上祝福用的。歌中唱道:"南有樛木,葛藟累之。乐只君子,福履绥之。"高高的樛木是新郎的象征,而紧紧缠附的葛藟喻指新娘。

这诗的大意是说,南方长有高大的樛木,藤萝一般的葛藟缠绕在它身上。幸福的新郎啊,愿那福气伴随着他。

全诗共有三节,后两节只改了几个字,和这一节差不多。这种复沓的形式,非常适合一帮人反复歌唱。

当时婚宴上的情景很可能是这样,几个专业乐工先把乐器奏起,边奏边唱,场子随着音乐暖了起来。

乐工们的技艺和水平很高超,打动了赴宴的客人,歌唱到高潮部分,客人主动加入合唱的团队,跟着唱起来。

这时,整个厅堂里全是高高举起的酒樽,以及那"乐只君子,福履绥之"的祝福歌声,像波浪一样在空气中回荡,祥和、热闹极了。

这个场面是兴奋、喜庆而和美的。

得到祝颂的新郎、新娘心里非常快乐。他们大概在想,长远的安宁和幸福一定会降临到自己身上。

《小雅·鸳鸯》同样是适合在婚宴上演唱的歌。

这首诗用了"鸳鸯"来比拟。古时候,人们就知道鸳鸯这种鸟雌雄双居,永不分离,对爱情非常忠贞。不像其他鸟儿,大难来时各自飞。

诗里说,"鸳鸯于飞,毕之罗之",两只正在飞翔的鸳鸯被捕进网里。这是一个好兆头,暗指新郎、新娘共同走进婚姻之网。他们会像鸳鸯一样,一生一世不离不弃。

诗中反复用同一种句式,称颂"君子万年,福禄宜之",祝福新郎能够万年长寿,永享福禄,一辈子过得富足美满。——新郎大约是一位贵族,在他的婚宴上唱上一支《鸳鸯》,表达了宾客们的心声。——希望他真如歌中所唱的那样,永不变心,福禄相随。

婚宴后,进入洞房,新郎、新娘的心情是兴奋的。我们可以开动自己的脑筋,想象出不同的旖旎色彩和画风。

旁边的人也不会闲着。现在许多地方不是还有"闹洞房"的习俗吗?要知道,这种习俗不是无中生有,自然发生的,而是从我们的老祖宗那里传下来的。

古人比我们要文明一些。他们不像现在,搞很多恶作剧,把新郎、新娘整得下不了台,有时甚至出格到收不了场的地步。

古人们在闹洞房时会做些什么呢?

——唱歌。依然是唱歌!这是多么好的方式!

秋天的黄昏,天上星星开始闪现。

山西一户农家院里,一场婚宴刚刚结束。新郎、新娘完成了拜天地、拜父母、夫妻对拜等礼仪,手牵着手,走进洞房。

洞房里点着红烛,挂着红幛,挤满了闹洞房的人。见到新郎、新娘进来,他们唱起了调笑的歌。

绸缪束薪,三星在天。今夕何夕,见此良人。子兮子兮,如此良人何!

绸缪束刍,三星在隅。今夕何夕,见此邂逅。子兮子兮,如此邂逅何!

绸缪束楚,三星在户。今夕何夕,见此粲者。子兮子兮,如此粲者何!

(《唐风·绸缪》)

歌声很动听,唱到中间,闹洞房的人不时把眼睛盯向新郎、新娘,发出哄笑。新郎到底是男人,脸皮厚一点,和大家一起笑。新娘在众人的歌声和目光下,羞涩地低下了头。

歌的大意是:

把那柴枝缠得紧紧,天上高高闪着三星。今夜是个什么日子啊,竟然见到了这么好的美男子。新娘子啊新娘子,看你把这个好人儿怎么办!

把那野草缠得紧紧,天边遥遥闪着三星。今夜是个什么日子啊,你们竟然在这里相遇。新郎官啊新娘子,看你们互相怎么办!

把那荆条缠得紧紧,朝门一望就见三星。今夜是个什么日子啊,竟然见到了这么好的美女。新郎官啊新郎官,看你把这个好人儿怎么办!

意思很明白。

唯一要解释的是每段开头的"束薪""束刍""束楚",在洞房里唱这些是什么意思?原来,那时,把柴枝、野草、荆条紧紧缠缚起来,象征着结婚,形容夫妻二人从此被捆在一起,不会分离。

大家唱着这样的歌,洞房里喧闹极了,快乐极了。

记得小时候,乡村还保留着浓重的古朴气息,我也去参加过闹洞房。大家挤在洞房里,簇拥着新郎、新娘,但不唱歌,而是由一个伶牙俐齿的人出面讲祝福的吉祥话,他在那里大声地说着,"一对鸳鸯人人夸,今日挂红又戴花。新客犹如嫦娥女,生个贵子戴乌纱!""一对鸳鸯喜洋洋,天长地久入洞房。夫妻恩爱白头老,子子孙孙富满堂!"每说一句,我们边上的人就一起高赞"好咯!"这样不断地说下去、喊下去,直到新郎、新娘把箱子里面的糖果拿出来分发,大家才高兴地散去,让新郎、新娘独享这千金一刻的春宵。

这个习俗,实在是很有古人之风的。

婚礼的程序确实有一些繁琐,但人们不会因为这种"繁琐"而拒绝走进婚姻的殿堂。相反,绝大多数人希望自己能拥有幸福的爱情和婚姻,甜甜蜜蜜、安安稳稳地过上一辈子。

"南有樛木,葛藟累之。""今夕何夕,见此邂逅。"这样的婚姻,不论从哪个角度来看,都是令人羡慕的。

因而,一些青年男女,对婚礼常常抱了期待、盼望的心理。

秋晨的济水边,太阳升起,把河水染成了红色。一位女子,在水边徘徊。她惦念着住在彼岸的未婚夫。

她不断地念叨:

雝雝鸣雁,旭日始旦。

士如归妻,迨冰未泮。(《邶风·匏有苦叶》)

大雁在一声一声地鸣唱,初升的太阳放出光芒,如果你没有忘记结婚的事,现在正是水还没有结冰的好时光。

言下之意,希望未婚夫快点来娶她,两个人好快快乐乐地生活在婚姻的城堡中。

这位女子在盼望、等待,另一位女子则在后悔、怨怼。

她后悔没有答应男人的求婚。

她生活在郑地。早些时候,有个男人带着媒人到她家中求婚,不知什么原因,或者是父母觉得不满意,或者是她本人还有更高的期待,结果没有答应男人的要求。

当时也许是一时冲动,做出了拒婚的抉择,现在冷静下来想一想,真是毫无理由,心中全是泪。

这个男人长得很帅气,身材魁梧,健康俊朗。越回忆他的样子,姑娘越感到当初的不应该,肠子都悔青了。她发出了这样的呼喊:

子之丰兮,俟我乎巷兮,悔予不送兮。

子之昌兮,俟我乎堂兮,悔予不将兮。(《郑风·丰》)

大意是,你长得真标致啊,在巷口等着我去结婚,我好后悔当时没跟从!你长得真魁伟啊,在厅堂上等我去成亲,我真后悔当时没相随!

在这里，她什么害羞啊、矜持啊，都顾不得了，只有一肚子的悔意要倾吐，表达的是自己无边的悔恨和遗憾！

她也盼望这桩婚事有挽救的机会。

她诚恳地向男子呼唤，"裳锦褧裳，衣锦褧衣。叔兮伯兮，驾予与归。"她渴盼着男方驾着马车来接她，她将穿上锦缎新嫁衣，外面披上薄薄的纱罩衫，一起坐着车跟着他回去。

她的愿望和态度是真诚的、恳切的，但是她这个心愿能否实现呢？我们不得而知。在她的心声里，我们听到是浓浓的悲情意味。

不管是等待，还是在后悔，诗中的女子都渴望着走进婚姻，走进正常的家庭生活中去。的确，现实生活中的婚姻，有很多不确定因素，有很多不如意，但婚姻依然是绝大多数适龄男女的第一选择。

在《诗经》时代，我们听到了一些青年男女们站在围城外，热切地想去探寻围城内的风景。

无论风景是好是坏，先走进去再说吧！

少男少女走入婚姻，生活便直面而来。《诗经》中有许多宏大题材的诗歌，歌颂美政，讽刺奸佞，叙述历史。同时，采诗者也没忘记广袤大地上普通民众的生活。这些人或是劳动者，或为公务员。他们日出而作、日落而息。家庭中偶尔有一些烦恼，夫妻俩吵点小架，发几句抱怨。当然也有欢愉，两口子说说话，谈谈细碎的日子。时光就在这些琐细的场景中不经意地流逝。采诗官

们把这些情景记录下来，放在《诗经》里，传唱至今。

比如一首《齐风·鸡鸣》：
鸡既鸣矣，朝既盈矣。匪鸡则鸣，苍蝇之声。
东方明矣，朝既昌矣。匪东方则明，月出之光。
虫飞薨薨，甘与子同梦。会且归矣，无庶予子憎。

齐国一个普普通通的清晨。天快亮了，鸡也叫了。一间卧室里，仍弥漫着温馨甜蜜的气息。身为公务员的丈夫得去上早朝。可是，房间里这么舒服，妻子这么娇柔，待在家里多好，他不愿起来去上班。

妻子识大体，知道不能因贪恋一时的温柔而耽误了工作，被领导批评了怎么办？万一被炒鱿鱼了怎么办？两口子不由得斗起嘴来。

妻："鸡已经叫啦，朝廷里人快满了。"
夫："不是鸡叫啊，那是苍蝇在飞。"
妻："东方已经很亮啦，朝廷里好多人了。"
夫："不是东方亮啊，那是明月光啦。"
妻："虫儿嗡嗡飞着，我也愿和你多睡会儿。可是早朝要散了，别让人骂你我啊！"

多么生动逼真的家庭生活场景。丈夫不想上班，妻子边上催促；丈夫再三推脱，妻子循循劝诱。我们脑海里仿佛出现了一副画面：妻子坐在床上，一边推着丈夫一边干着急，丈夫慢吞吞地爬起来，时而揉揉惺忪的眼睛，满脸的不情愿。

即便是今天，我们仍能在生活中捕捉到相似的画面。这或许正是我们重读经典的意义。

这位丈夫的单位一定管理不严，要么他的官位特高，即使真的迟到了，惩罚也不会重。所以，他才敢赖床，才敢跟妻子"撒娇"，迟迟不去上班。

还有一种情况，是他患了严重的拖延症。凡事能拖就拖呗。万千难事，一"拖"可解。至于最后是什么结果，那就不管了。

而现实生活中，不是每个人的生活都可以这么"拖延"，也不是每个人都是拖延症患者。

> 东方未明，颠倒衣裳。颠之倒之，自公召之。
> 东方未晞，颠倒裳衣。倒之颠之，自公令之。
> 折柳樊圃，狂夫瞿瞿。不能辰夜，不夙则莫。
>
> （齐风·东方未明）

《东方未明》里的这位"狂夫"，同样在齐国担任公务员，这一位的性格却就急躁得多。

他的职位应该比较低，工作上没有多少自主权。领导一有吩咐，他就得马上有行动。不然，后果会很严重。

每天清晨，他起得很早，按时赶去上班。

有一个早晨，不知怎么回事，或许他家的鸡叫晚了，或许是打更的声音不太响，"狂夫"睡过了头。他醒来时，上班时间已经到了。

这下坏了,他赶紧爬起来。天还没亮,屋里的光线暗得很。他摸索着把衣服穿上,由于又急又慌,竟穿颠倒了。

诗里是这么描述的:东方未明,颠倒衣裳。东方未晞,颠倒裳衣。

为什么这么慌张?

追根究底,是他从事的工作纪律要求严,上司很厉害,估计惩罚措施很多。"颠之倒之,自公召之。"公家有了召唤和命令,他得当作最重要的事来对待,第一时间去启动,第一时间去完成,丝毫不敢怠慢。万一没有完成,挨罚的滋味不好受,还是抓紧干吧!

搞笑的是,这位"狂夫"是一位喜欢吃醋的人,防范意识很强,生怕老婆有什么外遇。毕竟他一天到晚在单位忙工作,老婆一个人在家,难免孤独寂寞。

他想了两招来防御。

一招是实实在在的。"折柳樊圃。"他折下柳条,编成了篱笆,把房屋周边拦上了。说实话,这不是掩耳盗铃吗?如果真的有人入侵他们的生活,一道篱笆能挡得住?

另一招,更加没有用。"狂夫瞿瞿。"他采取的是精神威慑法:狠狠地瞪老婆几眼。意在告诫:你可要懂规矩、守妇道,不然有你好看的。这种精神压迫,当然只是心理安慰罢了。谁怕你呢?潘金莲会怕武大郎吗?

庆幸的是,他的妻子是一个贤良的人,对这个"狂夫"丈夫

第五章 结婚这件很重要的事儿

是又爱又恨。看到他这么忙乱，心急火燎，连衣服都穿颠倒了，心疼！想到他临走时瞪的那几眼，想到那围在房子前后的柳篱，心里又烦躁得很。

"不能辰夜，不夙则莫。"唉，你夜里不能陪伴我，每天早出晚归没有规律，实在太无常了。你不在自己身上找原因，还胡乱吃醋，把我想象成荡妇，怪谁？！

呵呵，这位女主角来情绪了，叫她怎么能没情绪呢？

《论语》里对郑国的音乐有一个评价："郑声淫。"郑国的人，是不是在男女关系上要随便一些、大胆一些、暴露一些呢？是不是经常有生活作风问题呢？

来看一首《女曰鸡鸣》。

女曰鸡鸣，士曰昧旦。子兴视夜，明星有烂。将翱将翔，弋凫与雁。

弋言加之，与子宜之。宜言饮酒，与子偕老。琴瑟在御，莫不静好。

知子之来之，杂佩以赠之。知子之顺之，杂佩以问之。

知子之好之，杂佩以报之。（《郑风·女曰鸡鸣》）

清晨，郑国的一对夫妻在微光中醒来。他们生活在乡村，没有什么公务，不需要心急火燎地赶去上班。

这一天，官府没有派什么紧急的差役，农活也不是那么重。那就多睡会吧？

不，他们有自己的事情要做。

只听，我们的女主说了一声："鸡叫了！"

男主马上回答："天还有些黑。"他也十分贪恋温暖的被窝，不想起床。

女主说："你快起来看看夜色，启明星在那闪闪发光哩。"

男主勉强答道："那我出去转一转，射点野鸭和飞雁。"

城市套路太多，农村生活简单，用不着去上班，干什么活，两口子商量着来，单纯！但这不是说农村人不会玩，只会粗陋、拙朴地表达爱意。

下面，这两口子开始秀恩爱，撒狗粮。他们肉麻起来，一点不比城里人逊色。

女主说："你射野鸭和飞雁，我把它们烹调好。和你斟酒来对饮，与你相伴到白头。你弹琴来我鼓瑟，所有一切均静好。"

男主答："知你对我真体贴，赠你杂佩表我爱。你的温顺我明白，送你杂佩表谢意。知你对我情意真，送你杂佩表衷心。"

被窝里，两夫妻柔情蜜意，一唱一和，一问一答。他们可以打猎，可以烹调，可以饮酒，可以奏乐，可以做许多许多的事。夫唱妇随，琴瑟和谐，小日子快快乐乐，简直是甜腻死了。

往诗的深里分析，这两口子绝对不是一般人。

第一，他们拥有"琴瑟"这种当时十分高贵的乐器，他们的身份绝不是普通的平民，而是贵族。

第二，男主送给女主的礼物"杂佩"，属于"珠玉"一类的饰品。能送得起这样的礼物，说明他们生活中不缺钱。

第三，他们任性地生活在农村，肯定是故意这么做的，这里自由、阔大、诗意、美好。他们随时能够回到城市，或者自己的庄园。

第四，他们有大把的时间可以支配，不需要像上班族一样过朝九晚五的生活。

这并不是所谓的"郑声淫"，只能显现出郑国的人们比较开放，没有那么多礼教、规矩的束缚，能够把心中那点柔软的感情表达出来。这其实才是正常的生活与情感。严肃板正的孔夫子批评这是"淫"，却愈加衬托出郑国人的率真可爱来。

在郑国，即使是公务员家里，气氛也是相当温馨的。同样去上班，同样要换衣服，郑国的公务员表现出来的不是慌张，而是从容。来看《郑风》里的第一首《缁衣》：

缁衣之宜兮，敝予又改为兮。适子之馆兮。还予授子之粲兮。
缁衣之好兮，敝予又改造兮。适子之馆兮，还予授子之粲兮。
缁衣之席兮，敝予又改作兮。适子之馆兮，还予授子之粲兮。

（《郑风·缁衣》）

缁衣是一种黑色的朝服。古代的卿大夫到官衙办公，须穿上这样的公务装。郑国的一个早晨，一位高级公务员要去上班了，爱人给他披上缁衣。她赞叹，黑色的朝服合身、好看、舒适。她还叮嘱他，如果破了，就再缝一套给他。她还承诺，让他先去官署办事，等他回来时，她便再送一身新衣给他穿。很有生活温度的一首诗，看着是写穿衣这样的日常小事，但寄寓其中的，却是主人公的一往情深。

回头看看上面几首诗，都是平常事平常景，平常的心情平常的人。

诗中的主人公，大约不会意识到这中间蕴含的诗意。我们也是如此，每天"柴米油盐酱醋茶"，每天上班下班的生活，早已司空见惯，早已习以为常，哪有什么诗意？然而，正是这些平凡琐碎的场景、细节和日常，构成了这个世界不可或缺的部分。

《小雅·棠棣》中有几句诗："宜尔室家，乐尔妻帑。是究是图，亶其然乎！"提醒人们要妥善安排我们的家庭，让妻子儿女欢欢喜喜，仔细思量思量，道理确实如此！

泰戈尔饱含深情地说："我在星光下独自走着的路上停留了一会，我看见黑沉沉的大地展开在我的面前，用她的手臂拥抱着无量数的家庭，在那些家庭里有着摇篮和床铺，母亲们的心和夜晚的灯，还有年轻的生命，他们满心欢乐，却浑然不知这样的欢乐对于世界的价值。"

寻常之处，自有真意。

第六章 公主和王子在一起后并没有很浪漫

——言念君子,温其如玉。
在其板屋,乱我心曲

男女相遇，携手共度，当然是一生中的美好事情。走进婚姻圣殿，两个人结成比较固定的关系，可以名正言顺地厮守，但这并不意味着他们如此就能一直过着甜蜜安宁的小日子。人生起起落落，聚聚散散，许多事情由不得我们做主。

《诗经》时期，经常会有一些差事，如果男人在政府当差，一出差就是大半年。修长城、修宫殿、修道路等摊派下来的事很多，男人们隔三岔五被抽到工地上干活。西边、北边的戎狄不时来骚扰，各国之间的边境也不平静，动不动真刀真枪干起仗来，男人们经常被派上战场。

男人不在家，女人留守在家里，自然清冷孤独。孤单助长了思念。思念让女人想起了的丈夫。"思妇"成了这些女人的代名词。《诗经》中留有她们当年的群像。

采采卷耳，不盈顷筐。嗟我怀人，寘彼周行。
陟彼崔嵬，我马虺隤。我姑酌彼金罍，维以不永怀。
陟彼高冈，我马玄黄。我姑酌彼兕觥，维以不永伤。
陟彼砠矣，我马瘏矣。我仆痡矣，云何吁矣。

(《周南·卷耳》)

这首《卷耳》是抒写思念感怀心情的名作。那时独守空房的女人是孤独悲苦的，丈夫离家以后，她一直处在忧郁中。他们的家境其实不错，如果按阶层划分，至少应该属于中产阶级。即使丈夫不在家，家里的财产足够应付基本开支和其他消费，让她过上比较体面的物质生活，这是完全没有问题的。但是，对丈夫的思念催逼着她。家中的每一处地方，几乎都有丈夫的影子。走过书房，她想起丈夫开卷而读的情景；踅进卧室，她忆起丈夫的温婉和笑容；来到餐厅，她的脑海中闪过丈夫举杯畅饮的潇洒样子。待在家中，丈夫的模样挥之不去，实在叫人忧伤。或许，到外面去干点活，可能会好点吧！她背上筐子，走向了野外。于是，我们看到诗一开篇的那一幕。

"采采卷耳，不盈顷筐。"她想通过采摘卷耳，把心中的思念打消掉一点点，让自己好受一些。可是事与愿违。她采了又采，采了又采，那又小又浅的筐子，却老是装不满。苍耳漫山遍野，到处都是。而她的筐那么小、那么浅，哪有采不满的呢？只有一个原因：她的心不在"采苍耳"这件事情上。即使在劳动中，她依然在思念丈夫，这大大地降低了她的劳动效率。"嗟我怀人，寘彼周行。"思念如此深重！也许，与其强装欢颜，不如坦然面对。她把筐子卸下来，放在大路上。站直了身子，朝远方望去。宽阔的大道向远处延伸，无边无尽，勾起她心里更旷远的忧伤。她忍不住想，此刻，远方的丈夫在干什么呢？

画面切到千里之外，他也在经受折磨。长期的出差和公事，使他十分劳累。身体的疲惫倒在其次，最重要的，是心头的疼痛。他不是木头，不是石块，而是有血有肉的人。他同样强烈地想念妻子。这时，他和仆人正跋涉在山路上。前途迷茫，道路坎坷，愁苦笼罩着他。"陟彼崔嵬，我马虺隤。我姑酌彼金罍，维以不永怀。陟彼高冈，我马玄黄。我姑酌彼兕觥，维以不永伤。"

高高的山冈上，山路崎岖不平，他在艰难地攀登、跋涉。长时间的奔波，马已经累病，它那本来黝黑发亮的毛色，已经长出了不少黄斑。心病难遣，他干脆停下来，拿出青铜和犀角做的酒杯，喝起酒来。他想让酒来麻醉自己，以使"不永怀""不永伤"，但可能吗？酒喝下去了，愁思不但没有消减，反而"怀"得更深了，"伤"得更重了。经过短暂的休整，带着满身的疲惫和深长的思念，他不得不继续前行。前面是一座石山，路愈加难走。

"我马瘏矣，我仆痡矣。"马病得更重了，偏偏此时仆人也病了。面对这雪上加霜的情境，他除了发出一声长叹，又能做些什么呢？

一种相思，两处闲愁。尽管他们过着衣食无忧的物质生活，男主人外出有马、有仆、有美酒，连盛酒的器具都由名贵材料制成，女主人采摘苍耳也是为排遣忧思，并非要维持生计，但人生难得十全十美，他们分隔两地的生活中，依然时时刻刻充斥着相爱不能相守的悲凉。

出长差的日子痛苦，和服役打仗比起来，又好得多了，终究没什么生命危险。如果去打仗，那就难说了。运气好，可以立一些战功，换得一官半职；运气一般，齐码保得性命，平安归来；但如果是运气差，那就是马革裹尸了。

西周末年，西边的犬戎变得非常强大，成为一个经常骚扰周王朝的战斗民族。而周王朝此时的国君是周幽王，一个完完全全的昏君。他不理长朝政，又总做些烽火戏诸侯的荒唐事，把诸侯臣下基本得罪完了。犬戎见有机可乘，便举兵杀了过来。周幽王由于昏庸得太过分，没有多少人来救他。有些诸侯国甚至和犬戎合作，西周很快就灭亡了。

倒是"秦"，由于与犬戎有世仇，这时的首领秦襄公带着兵马，奋勇前来与戎兵交战，助了濒临灭亡的周王朝一臂之力。

犬戎发动的这一番战争，把周王朝彻底打垮了。周王朝害怕西边的戎人再来侵袭，急急忙忙把都城从镐京迁到洛邑，即后来的洛阳。这就是东周的开始。在东迁过程中，秦襄公还派兵护送。

这一来，周平王对秦襄公赞赏有加。

此处要交代一下，这个时候的秦襄公虽然是秦地之主，但周王朝此前给他们家的政治待遇，只是"大夫"的品阶。现在，有了搭救、护送周平王这个巨大的功劳，周平王当然不会亏待他

按照《史记》里的说法，周平王的回报主要在以下两件事。

第一件，封秦襄公为诸侯。

这是一件大礼。当时的贵族等级自上而下是天子、诸侯、大夫、士。由"大夫"升为"诸侯"，属于质的飞跃。

从此以后，秦襄公具有诸侯国国君的地位。他正式开始与其他诸侯国互派使者，搞起外交来。而在此之前，他当"大夫"的时候，是没有这个资格的。

第二件，周平王把岐地以西的地方封给他，并且告诉秦襄公，

"戎无道，侵夺我岐、丰之地，秦能攻逐戎，即有其地"。

周平王对犬戎恨之入骨。犬戎把周王朝的老根据地岐、丰等打没了，周王朝没有任何力量反击。周平王现在让秦襄公去打，开出了一个条件，即：只要你把犬戎打跑，他们占着的那些地盘就是你的。

这是一个对周王朝很有利的条件。犬戎在那里，对周王朝始终是个威胁。不把他们赶跑，那些地方就是名副其实的敌占区，和周王朝没有关系。但如果秦襄公能把犬戎打跑，把土地夺回，由于秦国是周王朝的诸侯国，夺回的土地名义上就属于周王朝。也就是说，这对周平王而言，是只赢不输的买卖。

而秦襄公这个家族，与犬戎有宿怨，打了不止一回仗。周平王的命令和许诺，正合秦襄公的心意。讨伐犬戎的战争，由此再次拉开序幕。

秦襄公在成为诸侯第十二年时，发动了一场对西戎的战争。

秦地民风雄壮，加上长年处于战争中，男人们习惯了战斗的环境，有一种尚武之风，对于战争大约并不感到厌倦。

朱熹老夫子说："秦人之俗，大抵尚气概，先勇力，忘生轻死。"但那是男人，女人的感受不一样。只要有战争，就会有军人和军嫂的离别。在战争的生死考验中，女人留在家中，孤单和思念会缠绕她，担忧和恐惧会侵蚀她，她很难做到淡定自如。

从《秦风·小戎》这首诗的描绘看，这一年秦襄公征伐西戎，做了充分准备。他们的战车轻便快捷，车辕用五根皮带绑得紧紧的，车座上垫的是虎皮。拉车的马很骠壮，青、红、黄、黑好几种毛色，油光发亮。武器非常精良，长矛十分锋利，盾牌是崭新的，虎皮弓袋上刻着花纹，弓正插在弓袋里。

军容威严，队伍整齐。一看，就是一支战斗力爆棚的军队。男人们站在这样士气高涨的队列里，像打了鸡血一样兴奋。

然而这样的喜悦，他们的妻子却无法感同身受。和国家大事比起来，女人更关心丈夫的安危，她没有那么宏大的集体主义理想，她更在乎的是岁月静好，家庭幸福。

这时，一位士兵的妻子，正在家中苦苦想念自己的丈夫。

言念君子，温其如玉。

在其板屋，乱我心曲。

她想起自己的丈夫，是一个君子一样的好人，人品温润如玉。这是一种甜蜜的思念，有一点忧伤，有一点骄傲。自己的夫婿这么好，当然值得骄傲。

接着，语气一转，说他在"板屋"，这件事使她心绪烦乱。这个"板屋"，本意是指西戎用木板盖的房屋，此处用来指代西戎，大约在今天甘肃一带。她得到了消息，大军已经到了前线，正在和西戎作战！危险和不测随时可能发生。

这让她寝食难安，万一丈夫在战场有点什么事，以后的日子怎么过？

"方何为期？胡然我念之！"

"言念君子，载寝载兴。"

这位军嫂不断在心里念叨，什么时候丈夫才能归来？叫我怎么不想他！只要想起他这个人，睡也睡不踏实，一下子躺下，一下子又爬起来，卧也不是，坐也不是，站也不是，不知如何是好。

刚开始的时候，当军嫂的也许还盼望丈夫立一些军功，自己在家里好好支持他。等战争真正展开，她最大的心愿可能变成：只要丈夫归来就好，什么军功都比不上丈夫都平安。而这种提心吊胆的日子，再也不想过了。

年少时，爱读金庸老师的小说。有一次，读到《神雕侠侣》（旧版）第四十回"青衣女郎"，里面写程英见到杨过，偷偷在纸上写下"既见君子，云胡不喜"的句子。金庸老师是写爱情的高手，他借《诗经》里的话来写程英对杨过的恋慕和那份淡淡的执着，确实很贴切。

"既见君子，云胡不喜？"出自于《国风·郑风·风雨》。

风雨凄凄，鸡鸣喈喈。既见君子，云胡不夷。

风雨潇潇，鸡鸣胶胶。既见君子，云胡不瘳。

风雨如晦，鸡鸣不已。既见君子，云胡不喜。

那天，郑国天气不好，天色昏暗，风雨凄凄又潇潇，鸡舍里的鸡叫个不停。环境有点压抑。

在这种环境下的女人，特别是一个独处的女人，心情好不到哪里去。可就在这时，大转折出现了。

转折是什么？在如晦的风雨天气里，在不间断的鸡鸣声中，她的丈夫竟然出现了，从远方回来了。这让她怎么能不欢喜？！

"既见君子，云胡不喜？"是的，简直是情节的大反转，她怎么能不高兴、不开心?！本来是令人愁苦的风雨天，一切那么沉重、那么忧郁、那么难过，但现在，那个日思夜想的人回来了。

阳光突然撕碎了黑暗，巨大的惊喜让她有点晕眩。

过往的苦苦等待和重重焦虑，因为他的回归而变得平静；曾经的相思之疾和恹恹无力，因为他的出现霍然痊愈。千般伤痛，万般怨恨，都随着他的来临而烟消云散。

这首诗的画面设计得很精巧，先铺设一幅沉重压抑的风雨图，然后画风陡转，凄风苦雨立马变成清风喜雨，送来一个大圆满的结局，叫人赞叹！

女主角的心情坐着过山车，从低谷一下子跃上高峰，这种精神体验也是千年难遇的。

"既见君子"，大多时候都是值得高兴的事情！《小雅·隰桑》里记载了一位姑娘，看到了洼地里的一片桑树林。桑树长得正盛。桑叶婀娜多姿，色泽青黝，密密层层，在轻风里快活地招摇。

真是个约会的好地方！

她是有意中人的。她是个直性子，对情人爱得深切。"中心藏之，何日忘之？"她心里牢牢地记着他，没有一天忘记过。

当她来到桑树林的时候，似乎感觉到男友在树林中。她的小心脏怦怦跳得厉害，像一头小鹿在胸中乱闯。

她在稠密的桑林中穿行、寻觅。她的脑海里浮现出爱人的形象，曚昽恍惚中，他好像来到了她的眼前。一下子，她的心阳放射出灿烂的光芒。

"既见君子,其乐如何!"见到了心中那个他,我的心里多快乐!

"既见君子,云何不乐!"见到了心中那个他,我心怎会不快活!

"既见君子,德音孔胶。"见到了心中那个他,情话绵绵来诉说。

捧着想象中的重逢,她像是一下子掉进了蜜罐里。思念令人痛苦,但痛苦后的美好是含金量更高的美好。日日夜夜的长久思虑,换来了这种迷离中的幻象。即便它只是女主角一厢情愿的想象,可这样的想象仍然是叫人兴奋的。望梅止渴,总比没有"梅"要好得多。只要能够"既见君子",哪怕是在梦中,对于她来说都是开心的!

但不是所有的"既见君子",都会有圆满的结局,来看一首《周南·汝坟》:

遵彼汝坟,伐其条枚;未见君子,惄如调饥。
遵彼汝坟,伐其条肄;既见君子,不我遐弃。
鲂鱼赪尾,王室如毁;虽则如毁,父母孔迩!

周南地区一位女子的处境就十分辛酸。她无法静静地坐在房中等待丈夫归来。沉重的农活和家务活压在她身上。丈夫离家后,她不干活就没法养活自己,也没法供给公婆最基本的生活保障。

她来到了汝水边砍柴。——注意,这不是搞一般的采摘活动了,这已经是繁重的体力劳动了。——她一边砍,一边想念在远

第六章　公主和王子在一起后并没有很浪漫

方服役的丈夫。

由于赶早出来,她还没来得及吃早饭,饥饿开始折磨她。更糟心的是,对丈夫无休止的思念始终在精神上折磨着她。

《周南·汝坟》中接着写道:

遵彼汝坟,伐其条肄;既见君子,不我遐弃。

她沿着汝水继续前行,在岸边砍伐枝条当柴火。

命运并不总在暗黑处,有时也会现出一点光亮。转机出现了。这时,她望见丈夫沿着河岸走来。她大喜过望,这一下好了,久久盼望的人回来了。但她又有一点担心,怕丈夫又因为各种各样的事由而远行。她委婉地央求丈夫:既然回来了,就不要再离我远去。

"鲂鱼赪尾,王室如毁。"丈夫的回答像一瓢冷水。他说,鳊鱼的尾巴红红的,政府的事又急又多。什么意思呢?他不好直接把真相告诉老婆,打了个比方,鳊鱼已经非常疲惫了,还拖着红色尾巴拼命地游,国家正处于多事之秋,政府有一大堆火一样急的事要我们去做。

丈夫的话说得婉转,但女人听明白了。她知道他们都无法阻挡政府的征调命令,但知道是一回事,接受却是另一回事。

女人到底不甘心,她反驳丈夫:"虽则如毁,父母孔迩!"即便政府的事急得像火一样,那你的父母谁来管?父母年纪大了,身体越来越不好,家里这么穷,马上到饥寒交迫的地步了。你还要到远方去,谁来养活老父老母?

这是很厉害的一招!"百善孝为先。"男人想必懂得"父母在,不远游"的道理。女人这样说他,他没有什么好反驳的。沉默吧,除了沉默,又还能做什么呢?

于是,这场"既见君子"的欢悦是短暂的,很快转变为即将分离的痛苦。

其实,不圆满才是人生的常态。本节开头的程英,最终也没有嫁给杨过。而是"一见杨过误终身",一辈子这么耽搁了。"既见君子"又能怎么样呢?

实在太悲凉了!一个久久不让夫妻团聚的国家绝不是什么好国家,一个迟迟不给男女欢会的时代也绝不是什么好时代。西周后来迅速倒塌、崩毁,从诗里夫妻间聚少离多的遭遇,已经看到了端倪。

有"既见君子"的喜悦,相对的,当然也会有"未见君子"的怅惘。《诗经》里有许多篇章写到了"未见君子"的情形。为什么没见到?有时是因为男人出差了,或是当兵从军了,或是去服徭役了,也就是被征调修路、修桥、修长城去了。总之生活中有种种不确定因素,离别总是到来的轻而易举。

"未见君子",女人的心情会怎么样呢?这绝对是一个伪命题。连三岁小孩都明白,处在这样境地中的女人,内心里肯定是杂乱、烦躁的。前面提到的军嫂等女子,早就表明了她们的态度。

这时,在召南地区,有位女子正爬到南山上去采野菜,她采的是蕨菜、野豌豆等。想来她的家境不富裕,粮食不够,野菜来凑，这是迫不得已的办法。有野菜吃，总比饿肚子好。

物质上的贫乏本来够让人难受了，精神上还要接受折磨。

她在想念一个人。这个人在很远很远的远方，一时半会见不到。

她采野菜的所在地——南山——有着不错的景色。蝈蝈鸣叫，蚂蚱跳跃，朝远一望，秋天的草木映入眼帘，金黄一片，如火一般在眼前跃动。

这美好的风景与她的心绪恰好形成鲜明的对比。再美的景色，也抵不上那个人的出现。只要他在身边，再苦、再累、再穷，也是甜蜜的。

而现在，他在哪里呢？

女人此刻心里如同油煎。

未见君子，忧心忡忡。

未见君子，忧心惙惙。

未见君子，我心伤悲。（《召南·草虫》）

这是她内心的真实写照。在她的精神世界里，长满忧愁的杂草，长满了烦恼的树木，长满了悲伤的野菜。她难受极了。

心病当然要心药来医。诗中的"君子"就是良药、就是仙丹，如果心中念想的男人能及时出现，她的"病"马上会霍然而愈。

正如她自己所说，"亦既见止，亦既觏止，我心则说"。假若见到了那个"君子"，假若他能来到我的身边，"我的心里就充满了欢喜"。

这仅仅是女主角的想象、假设罢了。这是一个美丽的梦！现实中，她还得悲苦地相思、守望。

有什么办法呢？

这样的"思妇"实在太多了。

她们孤单地守在家里，没法得到远在外地的丈夫的消息。她们有太多的思绪需要发泄，有太多的话语需要倾诉。——没有人给她们这样的机会！

丈夫在遥远的远方，成为一个象征、一种牵挂、一份寄托。

邶地，野外。雄野鸡在飞，羽毛华彩、灿烂。一位女子恰好看到了这个场景，这极大地刺激了她的思想。

她的丈夫正在外地。

应当说，她对丈夫是相当满意的。因为一想起他，她就感到骄傲、自豪。在《邶风·雄雉》这首诗中，她不断夸赞丈夫不贪名、不图利，品德非常高洁。

现在，雄野鸡飞起来了，这么漂亮，这么绚丽。——雌野鸡尚有雄野鸡相伴，可我家的那只"雄野鸡"呢？——在什么地方？一联想到这，她的心痛起来。

瞻彼日月，悠悠我思。

道之云远，曷云能来？

岁月更迭，她那悠长思念绵延不绝。这么遥远的道路，他又何时能够回归？

这位女子因挂怀而烦心起来——"实劳我心"！

唉，不劳心才怪呢？！

秦国的一位女子此时也看到了一种禽鸟。不过不是野鸡，而是像老鹰一类的猛禽。它有一个美丽的名字"晨风"。它像风一样掠过了树林。这本是极平常的自然现象，但多愁善感的女子心里，荡起了阵阵波澜。

鴥彼晨风，郁彼北林。

未见君子，忧心钦钦。

如何如何，忘我实多！（《秦风·晨风》）

"晨风"鸟快速地飞翔，栖落在北边郁郁葱葱的树林里。我至今还没有见到我的爱人，内心充满了担忧。唉，怎么办啊怎么办，是不是早把我忘了！

女子的担心大概不是空穴来风。

外面的世界很精彩，外面的世界很复杂。男人在远方，会不会有新的相好？会不会已经移情他人？

这首诗所发生的时间大约在黄昏，因为倦鸟已经投林。鸟儿这一具有象征意味的活动，更加勾起了女人的惆怅。——连鸟儿都知道回到树林里栖息，那远行在外的"君子"，怎么不知道回来呢？

由于"未见君子"，她不仅忧心钦钦，而且"忧心靡乐""忧心如醉"，精神越来越差，恍恍惚惚，一点都不开心。

如果她家的"君子"是"晨风"一样的鸟就好了，有一对翅膀，就可以迅速地飞回家里来。

情感的力量是巨大的。

人一旦处在相思中，不论见到什么东西，都会联想起心中的那个人。见到野鸡翻飞会联想，见到老鹰归巢会联想。

现在，另外有个女人看到了狐狸。虽然这是走兽，不是飞禽，可因为心中思念过甚，她也想起了外地的丈夫。

有狐绥绥，在彼淇梁。

心之忧矣，之子无裳。（《卫风·有狐》）

有一只狐狸，慢吞吞地走在淇水中间的石梁上。她的心里充满了忧愁，担心在外的那个人没有衣裳穿。

秋天来临，河水瘦下去，石梁露出来。天气开始变冷。食物越来越不好找，还要想办法御寒。狐狸的日子不好过。而且，这只狐狸那么孤单，无朋无友，踽踽独行在石梁上。

女人看到这幅画面，想起了自己的丈夫。——丈夫如同狐狸一样孤独！

丈夫因生活所迫，远离了家，远离了故土。家里本来贫穷，在外又没人照顾。女人担忧极了。特别是转眼冬天就要来了，丈夫没有足够的衣服，甚至连腰带都没有，她担忧得很。

或许，在她眼中，丈夫的境地比那只狐狸还不如。狐狸终究还有一身毛皮来御寒，可他呢？

"贫贱夫妻百事哀"。她的眼里满是泪水！

男人的远行在那时太普遍了，普遍得像今天去一趟菜市那么简单。

王城附近农村的一位女子，丈夫也被抽去服徭役，给国家修工程去了。工程什么时候是个尽头？他什么时候回来？对于家里的女人来说，是一个很重大的问题。

假如她是一块木头就好了。没有思想，也没有痛苦。

可是，她是人，而且是女人。女人的天性让她怎能不去思索这些问题？

一个时光悠长的黄昏，夕阳中，她站在乡村的风景里，看到家禽家畜开始归巢回栏。蓦然，一种深长的痛楚袭来，撕扯着她的心。

君子于役，不知其期。

曷至哉？鸡栖于埘。

日之夕矣，羊牛下来。

君子于役，如之何勿思？（《王风·君子于役》）

这是一份完完全全的心理独白。她在心里默念：

丈夫在外服役，不知他的归期。

什么时候才能回来？鸡儿已回窝。

太阳偏西，牛羊也正从外面回栏。

在远方服役的丈夫啊，我怎样才能做到不想念他？

这位女子的性格是温柔稳重的。她对眼前的景物有着非常冷静细致的观察，心里面波澜起伏、排山倒海，表现出来的是不疾不徐、娓娓道来、怨而不怒，缓缓地传达出一种十分深沉的忧伤，显得旷远而又苍茫，让人更觉得难以消解，久久不散。

与之相比，召南地区一位女子的脾性直率、急躁得多。

她的丈夫在出差，公事忙得很。有一天，南山边响起了"轰隆隆"的雷声，刺激了她的神经，让她强烈地想起了在外奔忙的丈夫。

殷其雷，在南山之阳。

何斯违斯，莫敢或遑？

振振君子，归哉归哉！（《召南·殷其雷》）

她的话十分直露："轰隆隆的雷声，响彻了南山的向阳坡。为什么这个时候离开我，还不敢有一点耽搁？忠厚老实的人啊，回来吧回来吧！"

从女子的抱怨看，她的丈夫是一位忠诚老实的君子。南山打雷，有两个象征意义，一是预示着政府的命令到了，像雷一样，具有不可抗拒的威力；二是表示天将要下雨，天气变得恶劣。

这位男子可能是公务员，执行力很强。一听到政府的指令，立刻行动起来。不管天气如何，马上收拾行李离开了家，去干政府交办的事情去了。

女人对丈夫又爱又恨。爱他，因为他忠厚、敬业；恨他，由于他离家远去。

这种矛盾的心情，使得她既希望丈夫能够把事情办好，完成任务，又盼望他早点回来，和自己团聚。

按照她的急脾气，她不管不顾，直接发出了呼喊："归哉归哉！"——你还是快点快点快点快点回来吧！

当然，喊归喊，表达的是她的热情和思念。至于丈夫回不回，其实她自己也是能预见的！谁会因为老婆说了一声"我想你"，就藐视单位的纪律规矩而旷工回家呢？

还有更直白、爽快的女子！她们的表白不仅讲出了自己的思念，而且用动作、形象等来展示炽热的情感，又细腻又生动。

女人听到她们的表白，一定会心有所感，觉得说出了自己的心声。男人读到她们的话语，肯定会心旌荡漾，觉得她们惹人爱怜。

卫国的一位女人，丈夫去当兵打仗去了。她和其他的思妇一样，非常非常想念丈夫。但不同的是，她没有发出"你什么时候回来啊"的怨念，也没有直接叫出"回来吧回来吧"的呼喊。

她的手法是，只讲自己在家里的行为。

自伯之东，首如飞蓬。

岂无膏沐，谁适为容？（《卫风·伯兮》）

她做了些什么呢？她承认，自从丈夫到东边去打仗之后，自己的头发散乱得像到处飘飞的蓬草。难道是由于没有发膏、肤油这些化妆用的东西？不，纯粹是因为我化了妆给谁看呢？

这真是应了"女为悦己者容"这句老话。丈夫不在家，这个女子连头也不梳了，妆也不化了。整天顶着一头"乱草"，像个鸡窝趴在头上，邋里邋遢的。她不在乎，无所谓。丈夫不在，打扮得那么漂亮有什么用呢？有谁关心呢？

这几句诗，没有一句说思念的，但没有谁敢说她的思念不深！

另一首《小雅·采绿》中讲述的故事，也同上面这些故事有着异曲同工之妙。

诗中的女主角去"采绿"，就是采荩草，一种可以用来做染料的植物。她采来采去，采来采去，总是采不满一捧。同前面那些采摘的女人一样，因为丈夫在远方，她心思不在"采绿"上，影响了工作效率。

丈夫和她分别的时间不长，并且也不是一去数月或数年。他不过是出一趟短差，或是出去办一件不太难的事，过几天就会回来。

女人不这么想，哪怕几天，过期不归就是有问题，就想念得难受。"五日为期，六日不詹。"说好五天回来的，现在六天还不归。你这说话不算数的人，叫我怎么相信你？

丈夫如果回来了，她将坚定地守住他、缠着他，不让他再出去。

之子于狩，言韔其弓。

之子于钓，言纶之绳。

她想，待丈夫回家后，他要去打猎，她就给他装弓箭。他想去钓鱼，她就帮他理钓线。也就是说，不管丈夫去打猎或者钓鱼，都要紧紧跟着他，不让他再远离。丈夫丈夫，真的变成"一丈之夫"，时时刻刻被"绑缚"在自己眼前。

这个女人也没有说出"思念"两个字，可诗中表达的热烈情感，比任何思念还要厉害！

有个叫吴闿生的评论家说，读这个女人想象丈夫回来后要紧紧跟着他这几句诗,"真乃肠一日而九回"！可见是很打动人的。

在两两远隔的世界里,女人充满了担忧,那男人呢?
男人并非无感。
确实,通常来讲,男人要大条一些,女人要细腻一点。
就拿离别来说,"悲莫悲兮生别离"。女人泪点低,涕泗滂沱。男人没有那么感性,大多数时候,他们的外表一如平常,显出"硬汉"的模样。特别是那些准备从军的人,更要装出英雄的样子来。
这只是表面现象。他们把伤痛隐藏起来,让眼泪往心里流。
他们和女人一样,心里满怀担忧。
老人有没有生病?是不是还健健康康?
孩子是不是在茁壮成长?不知变成了什么模样?
妻子有没有变心?是不是在把自己念想?
……

因为从离家之日起,所有这一切,他没办法及时得知。因为在那个年代里,"纸"还没有发明,只能写或刻在竹简或木片上,这本身是一件很烦难的事。而且,不管是留在家里的妻子,还是远在战场的丈夫,会写字的也不多。

当时,识文断字的权利很大程度上被贵族垄断了,平民的文盲率绝对在百分之九十以上。让远在战地的丈夫或留守家中的妻子自己动手写信,有点勉为其难。

退一万步讲,假设妻子通过找人代写等方式,把信写在一卷竹简上。可是,找谁去送呢?口信也是一样的,找谁去捎呢?

官府设立的驿站只用来传递官府的公文或文书，老百姓的信件是不接受的。找一个相熟的人送过去，成本太大了，根本不可能。至于恰巧有人外出要经过丈夫打仗的地方，这个概率也非常之小！

所以，真是"家书抵万金"！甚至"万金"难买，大多数人，压根儿得不到什么家信。家里的情况如何，大多数时间只能靠想象。

正因为如此，男人离开家时，有时会很担心。担心有人在妻子面前讲闲话，担心妻子变心，担心家里出什么突发事件……

陈国有位男子表达过这种担忧。

谁侜予美？心焉忉忉。

谁侜予美？心焉惕惕。（《陈风·防有鹊巢》）

谁在挑拨我的心上人？我的心里不安又忧愁。谁在离间我和我的心上人？我的心里害怕又忧虑。

因此，当男人背上行囊，准备远行时，一定会对家里人再三叮嘱。

郑国的一位男子，是这么对妻子说的。

扬之水，不流束楚。终鲜兄弟，维予与女。无信人之言，人实诳女。

扬之水，不流束薪。终鲜兄弟，维予二人。无信人之言，人实不信。

（《郑风·扬之水》）

他说了两段话，意思差不多。同样的意思反复申说，说明他实在放心不下。

他说，河水在静静地流，成捆的荆条漂不散。我家里没有什么兄弟，只有你我两个人。不要相信他人的闲言碎语，他们其实是在骗你。

他又说，河水在平缓地流，捆紧的干柴冲不散。我家里没有什么兄弟，只有我们两个人。不要相信别人的话，他们确实不可信。

按照解读《诗经》的常识，"束楚""束薪"暗指夫妻关系。一把松散的干柴，放在水中会漂散，捆缚在一起，流水就冲不散。这是喻指两口子要团结、亲密、紧靠，像捆束在一起的干柴，这样才会长久。

这个男人，似乎缺乏自信。他家里人丁不旺，自己这一辈没有兄弟，估计其他亲人也很少，唯有他和妻子相依为命。这使得他倍加珍惜与妻子的关系。

可是，他的心里又隐隐地担忧和害怕。自己出远门去了，把妻子一个人留在家里，能放心吗？

如果有人来挑逗留守的妻子，趁虚而入，怎么办？

如果有人来谎骗妻子"你的男人在外面已经有了新的女人"，怎么办？

如果有人来开出更好的条件，让妻子不要再坚贞地等待了，怎么办？

这都是很现实的问题。

他非常非常地担心！

但他没有更好的办法。只能在离别的时候，一遍又一遍地叮咛，"不要相信他人的闲言碎语，他们其实是在骗你"，"不要相信别人的话，他们确实不可信"。

闻一多认定这首诗是男子"将与妻别，临行劝勉之辞"。而劝勉的效果最终如何，就不得而知了。

冰心写过一首关于生死的小诗，里面说，"生离是朦胧的月日，死别是憔悴的落花"。比起参商不见的生离，阴阳两隔，自然更叫人肝肠寸断。

邶地的一位男士，在家里呆坐了一整日，他的心情很不好。为什么会这样？因为他的爱人去世了。人到中年，爱人突然没有了，叫他怎么不疼痛锥心。

邶地这位男士，是一个痴情的人，是一个标准的情种。他对着爱人留下的绿色衣裳，睹物思人，心里泛起了深深的哀愁。爱人虽然死了，但她依然活在他的思念中。纵使阴阳两隔，山高水长。

来听听他的心声：

绿兮衣兮，绿衣黄里。
心之忧矣，曷维其已！
絺兮绤兮，凄其以风。
我思古人，实获我心！（《邶风·绿衣》）

绿衣裳啊绿衣裳，绿色的面子、黄色的里子。一见此衣心忧伤，不知何时才能止！

细葛布啊粗葛布，穿上风凉钻衣襟。思念我的亡妻啊，样样都合我心意。

绿衣仍在，而人已经没有了。叫这位独自留在世上的男人，怎能不忧伤。他的心，痛到了骨头里。

可是，那些板着面孔的卫道士不这么看。甚至还有学者将这首《绿衣》与《终风》《谷风》等诗并列起来，说这些诗"皆为夫妇乖违之诗，已启礼教沦亡之渐"。讲白了，他认为这些诗宣扬夫妻之爱，不符合礼教的规矩，应该批判、禁止！这么解读，让人无奈。西方有句谚语，"把天性从门里赶出去，它会从窗口飞进来"。偏偏世界上总有人活在人之常情外。

这是一首纯粹的"悼亡"诗。一个活着的丈夫，想念死去的妻子，想得肝肠寸断，就这么简单。

葛生蒙楚，蔹蔓于野。予美亡此，谁与？独处？
葛生蒙棘，蔹蔓于域。予美亡此，谁与？独息？
角枕粲兮，锦衾烂兮。予美亡此，谁与？独旦？
夏之日，冬之夜。百岁之后，归于其居。
冬之夜，夏之日。百岁之后，归于其室。

这首《唐风·葛生》也是一首悼亡诗，一折三回，欲说还休，读后叫人心潮难抑、悲情难复。

这首诗说的是，一对敦厚和睦的夫妻，两人相依为命，感情很好。不幸的是，一场变故，丈夫离开人世，把妻子一个人留在世上孤零零地品尝着心碎和孤独。

时间一天一天流逝，丈夫的新坟上慢慢爬满藤蔓和杂草，可她的悲痛丝毫没有消减。她不停地在脑海里追问："长眠于地下的丈夫，谁来陪伴他呢？"

"葛生蒙楚，蔹蔓于野。"她走到墓地，看到墓木已拱，不断发出哀叹。你看，葛藤已经爬上了荆、枣树，蔹草在坟地上蔓延，我的爱人埋葬在此地，谁来与他共处、共息？

他们的家境很好，感情又深，妻子舍得把好东西用来陪葬。可这些好东西，并不能让地底的他孤单少一点。"陪葬的牛角枕头灿烂发光，锦绣被子色泽斑斓，我的爱人葬在这里，谁来陪他到天明？"她的心，俨然已经被死去的丈夫带走了。

"夏之日，冬之夜。百岁之后，归于其居！"她活在世上的每一个日子，都是思念和难熬。所以，她一点都不怕死。"夏天白昼长，冬季夜漫漫，等到百年我死后，便到墓室里陪伴你。"

死了都要爱，死了都要在一起。她一个人待在家中，来来回回念叨的，不是自己的痛苦，而是担心身在黄泉的丈夫没有人陪伴。

对于这种情到极深之处的诗作，任何解读都显得多余。咏味《葛生》，几度泪目。学者程俊英先生评价此诗："悱恻伤痛，感人至深，不愧为悼亡诗之祖。"

一样是悼念亡夫，桧地（河南密县一带）的一位女子似乎没有刚才那位山西女子含蓄。因为是新丧，刺激更加强烈。她的丈夫头戴白帽、身穿白衣，静静地躺在棺椁里。平日里言笑晏晏无限欢乐的爱人，此刻阴阳两隔。这种难以承受的打击，作为妻子的女主人公怎么能压抑住胸中澎湃的悲痛？

当此情景，她不可能安静地坐在窗前怀想往昔。《桧风·素冠》里，充斥的是她汹涌、悲苦的呐喊：

庶见素冠兮，棘人栾栾兮。劳心博博兮。

庶见素衣兮，我心伤悲兮。聊与子同归兮。

庶见素韠兮，我心蕴结兮。聊与子如一兮。

见他头戴白帽，形容消瘦。我的心是那样煎熬。

见他身着白衣，我的心无限伤悲。希望和他一起归去。

见他穿着白蔽膝，我的心痛苦纠结。甘愿和他合而为一。

这样的呼喊和悲情是真实的。

在乡村生活的那些年月，我多次看到老妇人哭丧的情形。她们一边撕心裂肺地哭喊，一边大声数落丈夫先行离去、不顾恩义，把她们留在世上承受孤单。她们恸哭的样子让人心里很难受，巨大的哭声在山村上空回荡，久久萦绕不去，现在回忆起来还觉得特别苍茫。

桧地这位大声歌哭《素冠》的女子，大约和村子里那些丧夫的老妇人一样，满腔悲情像无法阻挡的洪流，化作哭声喷薄而出。虽然没有上面山西女子的委婉，也没有李清照式的柔情，但她直接强烈的悲痛，更有一种震撼人心的力量。

第七章 公务员们真的很忙

——嘒彼小星,三五在东。
肃肃宵征,夙夜在公

黯淡的夜晚，一位官府的小吏在匆匆赶路。不论早晚，他在为公事奔忙。这是《诗经》中的《召南·小星》描绘的场景。

嘒彼小星，三五在东。肃肃宵征，夙夜在公。寔命不同。

嘒彼小星，维参与昴。肃肃宵征，抱衾与裯。寔命不犹。

小星发出微光，不多地三五颗，在东方闪耀，参星和昴星挂在天上。

诗里这位公务员一副很匆忙的样子，明显任务很紧急，必须抓紧办理。

官衙没有派马，更没有派"车"。而他的收入很微薄，自己雇不起车，只能靠自己两条腿走。

他还得带着棉被和蚊帐（抱衾与裯）。古时候驿馆并不发达，招待所也没有，更不用说快捷酒店和星级宾馆了，于是，被褥便成了出差时不得不带的必需品。要知道，远古时的人口远没有现在这样稠密，物质也不丰富，赶路到深夜想歇息时，很可能一时找不到人家，或者即便找到了人家也没有能用的卧具，所以自己带着棉被、蚊帐，才是最稳妥的。

那时，政府的官僚系统分工已相当细致，各诸侯国内也有自成体系的官僚管理系统，诸侯国中，有县乡等好几个层级，一个县包括几个"乡"，一个乡包括几个"邑"。这些地域不同级别的官员，分别被称为县令（或尹）、乡师、邑宰，形成了一个层级分明的上下级体系。昔日孔子的许多门徒也曾担任过类似的官职。

要维持一座城市正常的运转，仅有长官是不够的，还要有许多办事的小吏。起草文书、催征钱粮、调解纠纷，这些具体的事务，都要由官府中的小吏们来操办。

小吏懂一点文化，又身在官府，身份比纯粹的农民高一些，但与"官"比起来，又不过是一介小吏。地位低微，收入微薄，事务繁杂，终日劳碌。

在衙门里，他们作为下属，很多时候都要受上级的批评责备，甚至呵斥体罚。可是，大多数小吏却必须安于这种生活，因为那时的人可选择的职业并不多，就业机会也很少，若是因一时反抗而砸了"饭碗"，一家老小吃不上饭，才是最大的困境。针对于此，诗中也给出了"寔命不同""寔命不犹"的答案。言下之意是说，你的命就是这样，有个活干不错了，还想上天吗？且忍着吧！日子一久，就习惯了。

小吏如此劳累，是不是官阶太低的缘故呢？或许有这方面的原因，可这也只是相对而言的。即便官位相对高些的，只要没高到足以调兵遣将、指挥他人的地步，那么等待他的依然是忙碌愁苦的命运。

《小雅·皇皇者华》描述了一位公务员到外地调查研究的情景。

我马维骃，六辔既均。载驰载驱，周爰咨询。

意思是说，我驾着毛色斑驳的四匹马，六根缰绳在手中均匀紧握，车儿快速驰骋，我要去各地广泛征询意见。

这位公务员的职位不低，出差时有马车可乘，而且是四匹马拉的车。这在当时绝对是很高的待遇了。因为按照当时的规制，周王乘的是六匹马拉的车，诸侯国的国君和卿大夫这类高官才有资格坐四匹马拉的车。所以，诗中这四匹马拉的车，已经是非常高的级别了。说明从官阶上来讲，这位老兄也绝不会低于如今的厅级干部。

可是他照样不轻松。诗中反复用"用爱咨诹""周爱咨谋""周爱咨度"等句子，表明他调查研究地方很多，调查又很深入，整日里忙得一塌糊涂。

他到过的地方既有城市，也有乡村，采取的方式方法既有访谈、询问、座谈，也有研究、分析、谋划。"皇皇者华，于彼原隰。"他经过的高原、低地上，开满了烂漫的花朵，但这位老兄由于是一位标准的"骁骁征夫"——即匆匆忙忙的出差者，并没有闲情逸致去欣赏自然的美景。毕竟那么重的任务压头，他不得不把心思全部放在工作上。

《小雅》中出现的另一位厅级干部似乎更惨。他也驾着四匹马拉的车在出差，地位同样很高。可出差的时间太长了，终日忙得昏天黑地，连赡养父母都没有时间。

"四牡骓骓，周道倭迟。岂不怀归？王事靡盬，我心伤悲。"（《小雅·四牡》）

他在奔波的路途中叹息：四匹公马跑得十分疲累，大路迢迢

曲折迂回。难道我不想回到家中去？可王交代的事情做不完，我的心里充满了伤悲。

"是用作歌，将母来谂！"

没有办法，为了生存，只得继续奔波在出差的途程中，偶尔在忙碌的间隙，吟唱一首歌谣，来思念我的娘亲。他心情的纾解，大概只能靠这种方式了。或许希望唱完这首歌，他的情绪能好一点。

众生皆苦，谁都不容易。

《召南·小星》中有一个词，生动反映了当时部分公务员的真实生存状态，这便是"夙夜在公"，意指从早到晚，皆忙于公务，始终不得闲。

其实，偶尔因疲惫不堪而发点牢骚，算不得什么。只要不是当着领导的面抱怨，应该也不会造成什么损害。在外面奔波数月，完成公务回到单位，领导表扬几句，回到家里，见到妻子孩子又满心欢喜，有这些"补偿"，路途中的那种种辛苦，或许也能被冲淡许多了。

但人生的辛苦从来不是单一的。《邶风·北门》中描绘一个邶地小吏愁云惨淡的一天。

"出自北门，忧心殷殷。"

有一天，这位邶地的小公务员自小城的北门走了出来，他心事重重，充满了忧愁。他为什么会这么忧心忡忡呢？首先便是因他挣不到多少钱，家境困窘贫寒。同时，又没人能了解他的艰难，连个说知心话的人都没有，更不要说有人来安慰他了。

其次，他在单位也不受待见。每天有一大堆事要做，体力活叠加脑力活，似乎永远忙不完。而领导也不见得喜欢他，时常出了力还不讨好，得不到什么成就感。

而家里人对他也不体恤。"我入自外，室人交遍谪我。"他从外面一回家，家里每个人都骂他、讽刺他。我们也能大致猜到这些责备的内容，大约就是类似："看那呆样，就知道傻干，怎么会有出息？""一天到晚不回家，不见你升官，不见你发财，好差劲！"毕竟古往今来，来自家庭的指责，其实也大同小异。但对于当事人来说，无疑是深重的痛苦，原本干工作就辛苦且无趣，回到家还要遭受指责，有比这更失败的吗？

稍微将心比心，也能体会这位小吏的痛苦，但他也找不到什么解决办法。"已焉哉，天实为之，谓之何哉！"没什么好反驳的。他最多只能怨天怨命怨自己，"算了吧，这是上天的安排，我能有什么办法？"

上升无望，挣钱无门，辞职不敢，得过且过吧！时至今日，不是依然有许多人在这样生活么？

个体生活的状态好不好，不仅同自身关系紧密，也和大环境息息相关。每个个体都希望能生活在一个政治清明、朝廷清正、官员清廉的时代。

但这样的时代可遇而不可求，不是谁都有运气碰上。比如同是周朝子民，有的人就能生活在君主贤明的时代，有的人则没有这样的好运气。

周厉王是历史上著名的暴君。史书中记载他是个酒鬼、色鬼，整天沉湎酒色，对老百姓非常残酷贪暴，在位时处处横征暴敛，与民争利。

原本山林湖泊皆为上天所赐，老百姓可以自由地去河流湖泊里捕鱼捞虾，到山间的树林里砍柴采果，以填饱肚子、补贴家用。很多年来，这都是政府允许的。就算偶然哪年收成不好，因为有山林湖泊里的这些东西作补充，老百姓也不至于饿肚子。

山林湖泊给百姓提供了更多的生存空间，老百姓多一条活路，能持续安稳的生活，便不会起来造反，社会稳定安宁，对政府也是大有好处。

可是这个周厉王看到老百姓能够自由自在地去山林湖泊里砍柴、拾果、捕鱼后，却不那么高兴。他颁布诏令，想改掉老规矩，把山林湖泊收归自己所有，使这些地方的产出成为王室的专有财产。

老百姓当然不满意、不赞成、不答应了。本来古代生产力就不发达，有时辛辛苦苦忙活一年却吃不饱饭。年成不好的时候，更需要去山林里采点果，到河里捞点鱼，才不至于成为饿殍。现在连这条路都断了，怎么办？

活路没了，百姓当然就要就闹事造反，眼看天下即将大乱。

西方的马克思、恩格斯告诉老百姓,"无产者在这个革命中失去的只是锁链","获得的将是整个世界"。中国也有句老话:"光脚的不怕穿鞋的。"意思差不多,只是更直白一些。

周厉王看不明白,但他的大臣中却有人目光长远一些。他们知道,一旦老百姓起来反抗,把朝廷推翻了,最最吃亏的,是他们这些贵族官吏。普通的老百姓除了一身皮囊外,其实早就一无所有。可他们这些贵族官吏,有家产、有妻妾、有儿女、有封地、有地位,万一朝廷垮了,所有的一切都将在瞬间化为乌有,他们本能地不愿意看到这样的场景。

于是便有胆子大的官员站了出来,跑到周厉王跟前,劝说他不要做这种与民争利的傻事,把老百姓逼上绝路,后果会很严重。

这个人叫芮良夫。他说:

为谋为毖,乱况斯削。

告尔忧恤,诲尔序爵。

……

维此良人,弗求弗迪。

维彼忍心,是顾是复。

民之贪乱,宁为荼毒。(《大雅·桑柔》)

他对厉王循循善诱:如果您谨慎谋划国家大事,国内的混乱会减少一些。作为君主,我奉劝您体恤百姓,在官员使用上要选贤任能。……贤良的君主,不求名位,欲望也少。残忍的君主,反复无常。老百姓起来作乱,实在是因为暴政难以承受。

然而,没什么用。芮良夫煞费苦心,用诗一般的语言劝了很久，用上了无数有正有反、有比有兴的言辞。可不幸的是，再正确的道理、再美好的语言，都不能动摇厉王与民争利的决心。

这时，芮良夫的处境就值得细细玩味了。

皇帝是这么一个德性，大部分官员当然跟着皇帝的意图走了。在这种政治大环境下，芮良夫敢提不同的意见，已经是勇气可嘉的另类了。皇帝觉得你讨厌，和自己对着干。同僚认为你出风头、博名声，想超越自己。"木秀于林，风必摧之"，可以想见，他的日子恐怕是非常难过的。

芮良夫或许早就已经预见到，由于政见不合，自己一不小心便会成为政治斗争的牺牲品。一夜之间，便会由身居高位的大臣变成乱世中的蝼蚁。

这个想法后来变成了现实。他在诗中说："我的心中充满了忧伤和愁苦，我想念着昔日的土地和房屋，可惜生不逢时，恰好赶上老天爷发怒。我东游西荡地谋取生路，却找不到一个安身立命的地方。我的全身都是病，流落边陲心内如焚。"

芮良夫结局如何，史书上没有交待。但从诗里大概可以窥见状况：一个在政治斗争中失势，甚至破产的高级公务员，失去了土地和屋宇，在外面流浪、谋生，一日三餐得不到保障，夜晚也不知何处安身。昔年风光无限，今朝处境昏惨，两相对比，何等凄凉！

可见，身处衰世，却想保持一颗正直清高的心。这样的公务员是不好当的。哪怕你的位阶很高！

再回过头来看周厉王。连芮良夫这么正直、敢言的人，都劝他不住，其他人更不用说了。再说，也没有多少人真的想去劝他。因此，他便继续毫无顾忌地抢占山林湖泊，截断老百姓的生路。

开始时，老百姓也不敢搞群体性事件，只是私底下议论很多，一时之间民意汹涌，谤言四起。可笑的是，到了这个地步，厉王却依然执迷不悟，不思悔改，连民众的议论和批评都不想听。

他甚至直接宣布："发现有谁议论朝政，就把他杀掉！"这就是著名的周厉王的"弥谤"（消除批评）法。

在议论和生命中间，老百姓当然选择生命。他们只得敢怒不敢言，互相之间见了面也不再说话，只得使眼色表达不满。史书上有个词："道路以目"，说的就是这个情况。

这不是说周厉王可以高枕无忧了。就像芮良夫之前所警告他的："老百姓是没有什么规则意识的，压迫过大，必然站起来反抗。而你尽做一些不利于他们的事，还变本加厉。他们也终将走上邪僻之路，用暴力来解除自己的苦难。"

果不其然。三年后，积聚在老百姓胸中的怒火达到临界点，终于压制不住，爆发了大规模的群体性事件。

厉王见状，又惊又怕，只得从王宫后门偷偷溜走，渡过黄河，一直跑到了彘地。此乃历史上著名的"厉王流彘"事件。

在这次群体性事件后，老百姓才重新获得了去山林采果、江河捕鱼的权利。

肯定有人要问，古代的官吏这么难做，有没有其他出路？理论上讲是有的，一是跳槽到更好的地方政府去；二是归隐田园。

而做到这两点不容易，要么有很高的才能，别的地方政府愿意用你，可换汤不换药，干的还是那些活；要么有较雄厚的经济基础，比较富裕，不然回乡后连吃饭的问题都没有着落，隐居也只能是死路一条。

所以，现实中离职的人比例并不高。官吏队伍依然庞大、稳固。毕竟，要谋生、要养家。在基本生存问题解决之前，他们没有别的选择。

当然，因为乱世纷扰，他们心中有时会升起巨大的幻灭、虚无感，会很痛苦。那么怎么办呢？《诗经》之中可以看到，他们通常用这几招去消解。

第一招，发牢骚。

比如有一次，一位小吏被派去做一份工作：到北山去采枸杞。这个活不算太重，但挺繁琐的，干起来就没个完。他身体应该不错，可架不住长年累月这么干，遥遥无期没有尽头，连父母都没有时间去照顾。

而且因为他老实、年轻、强壮，许多活都往他身上派。那时候，等级很森严，一级管一级，一级压一级。《左传》中说："天有十日，人有十等，王臣公，公臣大夫，大夫臣士，士臣皂……"士属于贵族阶层，但已经处于末端。他的上面还有天子、诸侯、大夫等。

这位小吏就是一位"士",他的顶头上司是大夫,所以他埋怨"大夫不均,我从事独贤",大夫做事太不公平了,给我的活最多最辛苦。

苦乐不均,这是千古不变的现象。只要有人类的地方,就会有这个永远无法解决的难题。

而这位公务员想到这个状况,心里其实也不大乐意。于是,他开始发牢骚:

或燕燕居息,或尽瘁事国;

或息偃在床,或不已于行。

或不知叫号,或惨惨劬劳;

或栖迟偃仰,或王事鞅掌。(《小雅·北山》)

把他愤愤的牢骚翻译成白话,就是一首《有的人》:

有的人安逸居家休息,

有的人为国事辛苦操劳;

有的人躺在床上不干事,

有的人在路上日夜奔忙。

有的人从不知民间疾苦,

有的人既操心又劳累;

有的人悠然享清福,

有的人为工作忙忙碌碌。

这首《有的人》,是这位小吏的心声。他忠于职守,兢兢业业,累得像头牛一样,是一只典型的加班"狗"。而有的人,却安然自得。让他的心理怎么平衡?

154 遇见诗经

不过，写首诗来泄泄愤，大概也是他唯一能用来反抗的武器了。如果真的一时冲动，辞职不干，谁来养活他的父母？

第二招，移情。

这个办法简单，转移注意力，自我宽解，得到暂时的满足。或者想一想生活中快乐的事，对冲掉心中的一些烦恼，得到片刻愉悦。

桧地有位公务员，正在观察低洼湿地上的一株猕猴桃（苌楚）。"隰有苌楚，猗傩其枝。"它的枝条婀娜多姿，开花时鲜艳好看，结果时垂枝累累，自由自在地生长，一点也没有受到拘束和限制。

一株没心没肺的植物，居然拥有这么理想化的生活。而自己的公务员生涯，却委实没有什么可取之处。一比之下，这株猕猴桃简直把自己甩了几条街。"乐子之无知！"这位公务员不由得内心慨叹：真羡慕它无知无觉无烦忧、没有家室又没有牵挂！（《桧风·隰有苌楚》）

桧国本来只是一个巴掌大的小国，不时遭到边上强国的欺侮，它的政府根本没有什么抵抗力。东周之初，郑国杀了过来，一下子便将它灭掉了。

这位公务员羡慕那株猕猴桃时，桧国尚存，只是处于官场中，他的消息比一般的老百姓灵通。他也许感受到了"山雨欲来风满楼"的重压，但他人微言轻，毫无应对的办法。

在苦恼、忧患的境况下，他只得运用移情大法，把自己想象成一株无忧无虑的猕猴桃，获得片刻的休憩与缓解，确实可以得

第七章 公务员们真的很忙　155

到一些安慰。但这也是不能持久的。历史的车轮依然会毫不留情地碾轧现实的生活。

第三招，精神胜利法。

这个办法用得最著名的人，当属鲁迅《阿Q正传》中的阿Q。只不过，他并非使用这种方法的第一人，也绝不是最后一人。《诗经》中就有两个例子。

第一例，一位不会使用精神胜利法的秦国退休小吏。

这位公务员老了，丢了工作，没有积蓄，没有社保，没有养老金，年纪大了，找工作没人要，生活水平急剧下降。

"每食四簋，今也每食不饱。"就拿吃饭这件事来说，从前每餐要吃四碗饭，现在温饱都不能保证。他一点办法也没有，只能发出了长长的叹息："唉，当年的美好生活怎么不能传承下来！"

但人的一生总是充满了变故。富人有可能倾家荡产变穷，穷人也可能一夜暴富。祖先传下来的土地、奴仆，都可能在世事变迁中化为云烟。在剧烈的跌宕中，一个人如果不懂得适时劝勉自己，一味沉浸在现实的痛苦和对往昔的追忆上，终归无济于事。

第二例，一位会使用精神胜利法的陈国公务员。

这位公务员和上面秦国那位丈夫公务员不一样，他的官位可能高一些。但现在，曾经拥有的一切，比如华宅、美女、美食等等，也都烟消云散了。面对这样的变数，他内心里要平和、豁达得多。既然变成这个样子，不如安于贫贱吧！

> 衡门之下，可以栖迟。
> 泌之洋洋，可以乐饥。
> 岂其食鱼，必河之鲂？
> 岂其取妻，必齐之姜？
> 岂其食鱼，必河之鲤？
> 岂其取妻，必宋之子？（《陈风·衡门》）

他说得很明白，简陋的门下面，可以安歇；洋洋的泌水，可以充饱疗饥。吃鱼嘛，不一定要鲂鱼、鲤鱼（当时人们认为这是最好的鱼）。至于娶妻，一般的女子就行了，何必要娶齐姜、宋子那样的贵族美女？

他懂得承认现实、接受现实、拥抱现实，内心里先把需求的标准降低，现实中的获得感也就相应提升。他认识到，与其唉声叹气、自寻烦恼，不如面向实际、脚踏实地。

当时的另一位诗人明确宣称，要"无思百忧，只自疧兮"。（《小雅·无将大车》）不要去想过去曾经的辉煌，不要去想那众多的忧心事，因为忧能伤人，多想只会伤身体，把自己弄病，没有什么用处和好处。

也有人对此持不同的看法。比如学者郭沫若就说，"这首诗（《陈风·衡门》）是一位饿饭的破落贵族作的。他食鱼本来有吃河鲂河鲤的资格——黄河的鲤鱼在现在也是很珍贵的东西，古时候的脍鲤好像是最好的上菜"，"但是贫穷了，吃不起了。他娶妻本来有娶齐姜宋子的资格，但是贫穷了，娶不起了。娶不起，吃不起，偏偏要说两句漂亮话，这正是破落贵族的根性，我们在现代

第七章 公务员们真的很忙 157

也随时可以看见"。

郭沫若这话道出了一些表象下的东西。只是，在残酷的现实之下，这位曾经的高级公务员说几句漂亮话来暂时安慰一下自己，总比一味沉溺于苦楚要强吧！

第八章 贵族衣食住行那些事儿

——呦呦鹿鸣,食野之苹。
我有嘉宾,鼓瑟吹笙

《诗经》里描写贵族生活的诗很多。这是由于当时识文断字的人大部分是贵族。同时，贵族也垄断了写作、记录的权力，于是，他们记叙当时的社会图景，自然会也多给自己的阶层一些笔墨。

构成《诗经》的"风、雅、颂"三个部分里，"颂"中的诗作全部是关于贵族的，"雅"中的诗作大部分是关于贵族的，"风"中也有一部分诗是关于贵族的。

这些诗中，有的歌功颂德，有的忧时伤世，有的诅咒怒骂。不管什么类型的诗作，由于和贵族息息相关，他们日常生活的蛛丝马迹也都隐现其中。

比如，"国风"《周南》篇的殿军之作是《麟之趾》，诗中道，"振振公子，于嗟麟兮"。——这是典型的阿谀、吹捧，直述贵族公子们个个像麒麟。在古代，麒麟是至高无上的仁兽。把贵族公子们比作麒麟，无疑是极大的赞扬。从短短几句诗中，就可看到当时的贵族们凌驾于各个阶层之上的高贵地位以及华丽的形象。

贵族们的生活是丰富多彩的。

如果有人认真读完《诗经》中有关贵族的所有诗作，相信他也许会得出贵族们"真会玩"的印象！这些人有钱有闲又有趣味，真不是天天在为吃饭发愁的老百姓所能比的。

高档服装是贵族的标配，也是他们在外表上区别于普通老百姓的一个显著标志。他们也乐意以此展示他们的地位。当然，也不排除有些贵族穿着华贵的服饰，是为了故意炫耀。——即使是在今天这么思想多元的社会情境中，还有许多人以穿戴法国、意大利等国的奢侈品牌服饰为荣。而在物质贫乏的上古时代，贵族们穿上华丽服装四处招摇，彰显自己的身份，也是人之常情了。

　　他们最爱穿的是"皮草"。
　　《召南·羔羊》讲到某日一位贵族去上朝，他穿的就是皮袍。诗里这样描绘道：
　　羔羊之皮，素丝五纮。
　　退食自公，委蛇委蛇。
　　他穿着一身羔皮袍，白丝密缝做工巧。上班时朝廷还安排了宴会，他吃完摇摇摆摆地回来，步态逍遥，明显心情很好。
　　"羔羊之皮，素丝五纮。"可以看到，这位贵族穿的是羊皮衣，而且找的是专业裁缝给缝制的，非常精美。这哪里是平民百姓所能渴求的？

　　除了正常的衣服外，装饰品也很重要。
　　《诗经》里描写贵族成年男女打扮佩饰的诗作，简直是比比皆是。《卫风·芄兰》这首诗的角度刁一些，没有把成人作为书写对象，而是描述了一位贵族童子的佩饰。

芄兰之支，童子佩觿。

虽则佩觿，能不我知？

容兮遂兮，垂带悸兮。

芄兰枝上垂着尖荚，童子挂着解结锥。虽然挂着解结锥，却不知道和我亲近。他走起路来大摇大摆，晃晃荡荡垂着大带。

上面引的是诗的第一节，还有第二节，内容差不多，只是佩戴的东西变成了"韘"，即"玉扳指"。

这位贵族少年，穿着很华美，佩饰很丰富，除了解结锥、玉扳指以外，定然还有许多玉器。

他神情很傲慢，摆出了一副贵族的架势，一看就是一个纨绔子弟。"英雄自古多磨难，从来纨绔少伟男。"这样的人，大约不会有什么出息。

穿得再华丽，又有什么用呢？再美的服饰，也无法装饰心灵。

平常的日子好说，在家中，终究要随便一些。如果出去做客，服装则需要讲究一些。一般的老百姓走亲戚，有新衣的会穿新衣，没有新衣的，也要把身上的衣服洗得干干净净的，以示庄重。而贵族们去做客，在服饰上的动作当然会更大。

且说有一位贵族，家里来了位贵客，这位贵客是位大贵族，地位尊崇。他出来做客，服装十分华贵、讲究。

九罭之鱼鳟鲂。

我觏之子，衮衣绣裳。（《豳风·九罭》）

用白话来说，就是用细密的网去捕鱼，捕到鳟鱼和鲂鱼。我遇到的客人，身穿龙衣和绣裙。诗以主人的口气来写，很直白。鳟鱼、鲂鱼都是较大的鱼，这是用来形容客人很尊贵。他用了细密的网去捕这么好的鱼，是一门心思要把贵客留下来。

客人果然不一般。

从他的衣装看，上衣是"衮衣"，即画着龙的衣服，通常是君主或高级官员才能穿。下面穿的是"绣裳"，是指五彩的绣裙。这种搭配正是礼服的穿法。由服装的隆重能够看出，这位贵族官员对自己出来做客是一本正经对待的。

如此尊贵的客人，主人当然想多留几天。但如果客人要走，怎么办？主人的办法很有意思，他要把客人的衣服藏起来，让他走不了。

是以有衮衣兮，

无以我公归兮，

无使我心悲兮！

让我藏起你的龙袍，不让您回去，这样才能不让我的心伤悲。

主人想留住客人的意愿是真心的，至于有什么企图没有，这无法确定。只是他想的留客招数，确实非常独特。贵族们都需要穿名贵衣服去做客，现在主人把他的衣服藏起来了，看你怎么回去？

衣服还有"留客"这个功用，现代许多人大概想不到吧。

"民以食为天。"吃是生存的第一需要，没有吃，便没有所谓的人生。于是，把吃放在最重要的位置，也成为许多人的至上选择。

对吃，不同的人有不同的需求。对于老百姓来说，无疑还是以解决温饱为第一要务。至于贵族阶层，每天吃饱喝足自是不成问题。而在基本需求满足之后，"吃"的功能便会多样化，花样也随之多起来。

贵族的"吃"与老百姓的单纯填饱肚子，显然是不一样的。

朝廷治国需要人才。吃，有时也是用来招待贤才的。《小雅·鹿鸣》里记载，有一回，周王招到了一大批人才，他心情很愉悦，于是设宴款待大家。

宴会之上，周王难抑喜悦之情，于是情不自禁地唱道：

呦呦鹿鸣，食野之苹。

我有嘉宾，鼓瑟吹笙。

周王的意思是说，鹿儿野外呦呦叫，成群结队吃藾蒿，满座都是好宾客，我们鼓瑟又吹笙。这样的宴会，透露的是"揽才""重才"之意，与普通的"饱腹之吃"是不同的。

这个传统后来延续了很长很长的时间。汉魏时期的著名政治家、文学家曹操在名篇《短歌行》中，直接引用"呦呦鹿鸣，食野之苹。我有嘉宾，鼓瑟吹笙"这四句诗来表达求贤若渴的心情。

唐朝以后，皇帝要赐宴给新科状元，同年考中的进士一同赴宴；地方官要大摆宴席祝贺中了举人、贡士的文士，这些宴席有个名字，叫作"鹿鸣宴"，这名称便是来自《诗经》。

皇帝的宴席不仅用来招徕贤才，有时也用来招待诸侯。

诸侯们前来朝见，周王也会大设宴席款待。诸侯们也当然要充分地表达谢意，赞美他们君主的贤明伟大。

蓼彼萧斯，零露泥泥。

既见君子，孔燕岂弟。

宜兄宜弟，令德寿岂。(《小雅·蓼萧》)

艾蒿长得长又高，上面的露珠纷纷掉。今天见到了周天子，丰盛的宴席上他平易近人。他爱兄爱弟爱我们，品德高尚人和气，定会快乐又长寿。

这是某种形式上的"国宴"，"吃"在此时，已经具有一定的政治意义。

普通贵族的宴席，功能和皇帝的宴席差不了多少。只不过是宾客的层次、宴席的档次相对要低一些。《小雅·伐木》里生动描绘了贵族邀请亲朋好友来赴宴吃喝的情形：

既有肥羜，以速诸父。

宁适不来，微我弗顾。

於粲洒扫，陈馈八簋。

既有肥牡，以速诸舅。

宁适不来，微我有咎。

一个贵族摆好了丰盛的宴席，正要去请客人来开吃。这种招待客人的宴会，会请哪些人，又会摆哪些菜？他安排了肥嫩的羔羊肉，要去请他的叔叔、伯伯们来尝一尝。还说，宁肯他们不来，也不是我不去请他们。

他把屋子打扫得干干净净，摆上八盘硬菜。备好肥美的小公羊，要去请舅舅们来品一品。他的意思是，宁可他们不来吃，也不让他们说我没有请。

看这样子，他办这顿酒席，大约是属于规定动作，每年要搞几次，心里肯定有点不耐烦的情绪，只是不得不如此。因而他只想把礼数尽到，至于要请的人来不来，那就不管了，关键是不要让别人有议论，说他不讲"礼"。

《诗经》中还有些"吃"，面对的是专门的对象。比如，主人在家摆一桌酒菜，请兄弟吃饭。

《小雅·常棣》把兄弟关系抬得非常高，认为"凡今之人，莫如兄弟"，兄弟之情是世上最深的感情。还打了个比方，说"脊令在原，兄弟急难。每有良朋，况也永叹"。这是说鹡鸰鸟在高原上落单的时候，它的兄弟们会来救它。平时虽有好朋友，看你遭难也只能长叹。

从这个比方看，朋友显然比不上兄弟情牢固。所以，兄弟们要经常喝酒聚餐，联络感情。

这首诗里同样提到了吃饭的事。"傧尔笾豆，饮酒之饫。兄弟既具，和乐且孺。"意即摆开丰盛的宴席，又喝酒来又吃菜。兄弟们聚在一起，十分和乐美好。

贵族们的"吃"，有那么多功能，那他们到底吃的是什么呢？

首先当然要有酒。《诗经》中好些诗歌写到了贵族们喝酒的事情。《小雅·湛露》中提到，周王宴请诸侯时，"厌厌夜饮，不醉无归"，一大帮权贵喝起夜酒来，兴致很高，无休无止，不喝醉便不回去。

《小雅·南有嘉鱼》里也说,"君子有酒,嘉宾式燕以乐"。说的是主人准备许多好酒,大家一起畅饮开心快乐。

他们喝的酒是所谓的"旨酒",就是味道醇厚和美的好酒,一般的酒他们是不会喝的。

喝酒当然要有下酒菜。贵族们的菜多得很,常见的有牛肉、羊肉和鱼。

《大雅·行苇》中指明,"醓醢以荐,或燔或炙。嘉肴脾臄……"贵族们吃的是肉糜,烧烤的牛羊肉,还有牛百叶、牛舌。丰盛得很!

《小雅·鱼丽》里中讲贵族在聚餐时,搞了品类众多的鱼来做菜,有黄颊鱼(鳖)、鲨鱼(鲨)、鳊鱼(鲂)、黑鱼(鳢)、鲶鱼(鲩)、鲤鱼等,简直是全鱼宴了。而且,"物其有矣,维其时矣",供应不断,应有尽有,都是时鲜的菜品。这足见贵族宴会的奢侈了。

除了常见在大鱼大肉以外,也有比较特殊的菜品。

《小雅·瓠叶》里描写了贵族的宴会,主菜是兔肉。"幡幡瓠叶,采之亨之。""有兔斯首,炮之燔之。"这些贵族命人把在风中飘动的葫芦叶采了来,来一盘"清炒葫芦叶",或是"葫芦叶氽汤"。另外弄了几只兔子,要么用泥巴包了,放在炭火上煨,要么直接放在火上烧烤。这时,"君子有酒,酌言献之",主人已经斟上了美酒,满满一杯递了过来。

——用烧烤的兔肉下酒,味蕾打开,浓郁的香气在舌尖徘徊。

第八章 贵族衣食住行那些事儿　167

孔子曾说过："食不厌精，脍不厌细。"他的这个经验，很可能是从周朝贵族"吃货"们的烹饪实践中总结得来的。

宴饮通常是一个漫长的过程，哪怕有好酒好菜，如果长时间只是猛吃狂喝，也会沉闷无聊。

周王住在首都镐京里，经常喝酒。《诗经》里说他"王在在镐，岂乐饮酒"。(《小雅·鱼藻》)"岂乐"，即"恺乐"，欢乐的样子。他为什么这么开心？酒本身让人快乐，但仅是因为酒，他也快乐不起来。

所以，贵族喝酒，绝不会单纯地喝酒，肯定伴随着其他活动。比如，摆宴席先要安排座次，排座次就是一件很有趣的事情。

比如，同是诸侯国的君主，爵位的级别是一样的，周王招待他们宴饮时，这些人要怎么坐呢？谁坐在前，谁坐在后？

主人想的办法很有创意。

敦弓既坚，四鍭既钧；

舍矢既均，序宾以贤。(《大雅·行苇》)

在宴席开始前，先让客人们来一个射箭比赛，然后根据射中的多寡来确定座位。这四句诗完整描述了这个过程，意即：使大劲儿拉开雕弓，四支利箭支支匀称；放手射出箭箭中的，按照胜负来排座位。

这个方法可应用于贵族们的一切宴席，既可解决如何排座次的问题，又能增加宴会的气氛，实在是很好的主意。

赠礼物也是当时宴会之上常见的事。那个时候尚武之风盛行，

周王经常在宴会上把弓箭赐给诸侯和大臣们。每当此时，宴会上已经吃饱喝足了人们便会唱起一首叫作《彤弓》的歌。

彤弓弨兮，受言藏之。

我有嘉宾，中心贶之。

钟鼓既设，一朝飨之。（《小雅·彤弓》）

意思为，红漆雕弓弦儿已松，诸侯受赐悉心珍藏。我有这么多好宾客，诚心赠弓表示恩宠。钟鼓乐器齐齐摆好，从早宴饮直到中午。

想象当时的情景，一帮人在喝着美酒，吃着佳肴，周王把雕弓赐给其中一位诸侯，大家一起端起酒爵，大声唱起这首歌，场面轻松而热烈。这当然比低头喝闷酒有味道多了。

再比如，喝酒时要有音乐、舞蹈。"籥舞笙鼓，乐既和奏。"（《小雅·宾之初筵》）众人拿着籥（一种乐器）跳起舞来，吹响笙打起鼓，众乐齐奏，乐声和美。

按诗里的说法，他们也搞起了射箭比赛，不过这次射箭不是为了排座次，他们比出胜负，是要罚对手一大杯酒。这和后世的划拳有得一比了。

如此闹腾，场面热闹极了，结果就像现在的饭局一样，一不小心好多人喝高了。他们"载号载呶，乱我笾豆"，又是叫来又是闹，把杯盘碗盏都打翻了，还跌跌撞撞跳起舞来，头上的鹿皮帽歪歪斜斜戴着，醉态毕现，丑态百出，可边上的一众人等却高声地叫起好来。

好酒好菜又好玩！——这就贵族们的"吃"生活！

依据马斯洛的需求层次理论，人满足了生存需求和安全需求后，会有更高的需求，比如说社交需求、尊重需求等。贵族们早已衣食无忧，除了吃喝外，他们还有自己的爱好和玩乐。

再说，他们已经认识到人生苦短，得及时享受生命。

蜉蝣之羽，衣裳楚楚。

心之忧矣，於我归处。（《曹风·蜉蝣》）

这是一位贵族看到了一种叫作"蜉蝣"的虫子，这种虫子的生命很短，只有几个小时，堪称"朝生暮死"。它长得非常漂亮，在天空振翅飞翔时，漂亮的外衣光鲜楚楚。

这位贵族由蜉蝣联想到自己，觉得自己就像这蜉蝣一样，生命短促，即便有好的物质条件，也得随时面对死亡。因此他心里充满了忧伤，不知道怎么安排自己的归宿。

在他迷茫、忧伤的时候，另一位贵族则鲜明地表达了要抓住大好时光及时行乐的态度。这位贵族讽刺了那些守住华服不肯穿、豪宅不肯住、美食不肯吃的守财奴，亮出了"及时行乐"的大旗。

子有酒食，何不日鼓瑟？

且以喜乐，且以永日。

宛其死矣，他人入室。（《唐风·山有枢》）

他的意思是，你有美酒和好菜，为什么不每天弹琴又鼓瑟？且用它来寻欢作乐，且用它来消磨时光。不然等你身死，那就由别人进你家门来享受了。他的立场是，今朝有酒今朝醉，不要作无谓的忧虑。

也有个别贵族对于及时行乐有点矛盾心理，既想痛痛快快地玩去，又觉得荒废了人生，内心难免挣扎。

山西的一位贵族一边叹息，"今我不乐，日月其除"，如果现在不抓住时间玩乐，大好时光就过去了，一边又在警醒自己，不要享乐得太过，忘记了本职工作。他想在这中间找一个平衡，"好乐无荒"，既享受玩乐，又兼顾好工作。不管怎么说，享受生活在他心中还是占了很大的一块位置。

从《诗经》看，贵族们最大的玩乐爱好也是"打猎"。

干这事，常常是君王带头。那时的君主都喜欢打猎。他们的开国祖先往往在马背上得天下，驰骋战场、飞箭射敌是多么快意的事。而到了和平时期，战争少一点，但打猎是可以有的。

打猎场和战场还是有几分相像，场上各种野兽狂奔，贵族全身披挂，在猎场里追逐，完全可视作一场以动物为敌手的战争演习。而在狩猎活动中，君王和贵族们因剧烈运动和刺激而产生的内啡肽，会不断给他们极强的快感和高峰体验，令他们乐此不疲。

某日，周宣王来到开封边上的敖山，这是皇家的猎场，他带领队伍来进行一场声势浩大的狩猎活动。

皇帝打猎不同于普通的猎户，他的排场是天下最大的。

他带来一支人数众多的队伍，当中有坚固的猎车、高大的公马，猎旗在队列中飘扬。打猎的武器主要是弓箭，都是经过千挑万选的强弓利矢。猎手和马久经训练，猎手的箭一射出必然中的，马儿的往来奔驰也十分有章法。

"射夫既同，助我举柴。"(《小雅·车攻》)狩猎完毕，猎手们聚在一起，互相帮助把猎物抬起来。这时，山上马鸣萧萧，旌旗飘飘，好一派雄壮的景象。周宣王收队回城后，把这些野味烹熟煮透，大饮一场，犒劳猎手们。多么欢乐！

在确保安全的前提下，君王有时也会亲自冲进猎场，与猎手们一起角逐，运气好的话也能射中一些猎物。

《诗经》里的《小雅·吉日》描写了一位周王（不一定是周宣王）在猎场上的神勇表现。这次打猎安排在陕西境内。这地方鹿很多，诗里说"麀鹿麌麌"，鹿儿成群结队，等着周王来射。

这位周王是一位勇猛的男子，他不屑于射这些鹿。太温顺了，没意思。只见他，"既张我弓，既挟我矢。发彼小豝，殪此大兕"。他用力拉开弓弦，搭上利箭，一箭射中了小野猪，又一箭射死了大野牛。太厉害了！这样的君王，估计在战场上也是所向披靡。

和周天子相比，诸侯打猎的场面要稍小一些。

秦襄公坐上一辆猎车，这辆车由四匹又黑又壮的马拉着，一旁跟随者温顺的猎犬。驾车人是一位老司机，车技娴熟，深得秦襄公的喜爱。时序已至冬天，山上的野兽很少。幸好有专门的兽官，为他们准备了现成的猎物。

"奉时辰牡，辰牡孔硕。"(《秦风·驷驖》)兽官放出应景的野兽，这些野兽养得个个肥硕。"公曰左之"，一见到野兽，秦襄公大喊一声"朝左射"便一箭射出，野兽应声倒地。

打猎游戏完毕后，众人都有点累了，于是他们又去了另外一个地方休闲——"游于北园",人、马、猎犬在那里安适地休息,十分惬意。——在这样的活动中,秦襄公这些贵族满足而又快乐。

诸侯的打猎活动虽然没有周天子的规制大,但有动有静,很有特点,也不比天子逊色多少。

打猎仅是当时的贵族生活中比较普及的爱好而已,而贵族的性格不同,财力不同,爱好也呈现出不同的样式。

周成王有时喜欢旅行。《大雅·卷阿》里说,有一天,周成王带队到卷阿游玩,带了不少人马,"君子之车,既庶且多。君子之马,既闲且驰",非常壮观。

这天刮着南风,天气让人感到舒服。由于没有什么紧急任务,整个队伍的氛围是悠闲的。周成王身居高位,志得意满,又见到眼前江山如画,自然是无比的春风得意。

这种君王出游,少不得有一帮有文化的大臣相随,写出许多吹捧的文字来歌颂君王。《卷阿》即大声地赞美周王如同凤凰般伟大贤德,而臣子们则如百鸟般环绕在其周围,几乎是完美的化身。

虽然知道是奉承话,但君王们对这种歌颂多数是喜欢的,这是他们"爱好"中的一部分。在他们看来,这也使得这次旅行有了更多的乐趣。

鲁僖公的爱好是养马。《鲁颂·驹》就是一首专门歌颂鲁僖公养马盛况的诗。这首诗里说他的马很多,"有骊有皇,有骊有黄","有骓有骆,有骍有骐","有䮾有骆,有駵有雒","有駰有騢,有骥有鱼"。这里面基本上是生僻字，具体意思可以不去管它，而骊、驽、骅、骃这些都指的是不同颜色的马。

可以想象一下，在原野上，有这么多不同颜色的马杂处在一起，场面叫人惊叹。

当然，鲁僖公养马，和一般的养鹤、养羊、养兔等宠物不一样，马在当时还是战斗力的象征。一辆战车需要四匹壮马来配，如诗中说的"以车彭彭"，这些马拉起车来跑得飞快，离得好远都能听到路面上"彭彭"作响的声音。

鲁僖公养这么多马，说明他是有为之主，努力地想加强国防力量，并不是单纯的"玩物丧志"。

当时贵族们的个性爱好还有很多，这里只是简单举几个例子。如果想进一步了解，可移步正史、野史，慢慢寻绎。

在上古时代，对神的敬畏远远大于今天。在先民看来，生、老、病、死，天灾、丰收、战争、和平，所有的一切都不是来自人的意志，而是与神相关。因此，对神表示敬意的祭祀成为贵族们的共同选择。谁也不敢得罪神，谁都希望得到神的庇佑。

除了祭神外，中国古人还崇尚祭祖。毕竟人不能忘本，不论走到哪里，也不能忘记自己的来处。无论是帝王将相，还是寻常百姓，都有过祭祀祖先的经历。

周朝时，贵族祭祀祖先有一套程序。不是简单地摆上鸡鱼肉等，烧纸、焚香，磕几个头就完了。《小雅·楚茨》记录了周王一次祭祖的过程，读这首诗，可对贵族们的祭祖活动有个完整的

了解。

首先准备祭品。周王朝派人在地里种上谷子、高粱,收割后做成美酒佳肴。同时要备好牛羊,这些牲口牵来后,"或剥或亨,或肆或将",即有人宰剥,有人烹煮,有人盛舀,有人捧献。

祭品摆好后,司仪又走到庙门外,开始盛大的祭祀,把祖先"迎接"回来。

接下来,又是一套极其复杂的仪式。参加祭祀的人都非常恭敬。在这个时候,司仪会装作一副通灵的样子,告诉大家,"苾芬孝祀,神嗜饮食",你们献上的供品芳香味美,神灵们很爱吃,一定会保佑你们这些孝子贤孙福寿无边。

等祭祀仪式完成,司仪会宣称"神具醉止",就是说这时众神们已经喝醉了。钟鼓响起来,参加祭祀的人恭恭敬敬把神灵们送走。

祖先的神灵已经走了,大家没有了约束。家族里的人便聚在一起,开始了祭祀后的狂欢。

那时的人认为,吃了神灵吃过的菜肴,便会长寿。因此,大家会好好享受一顿祭祀后的美餐,直到"既醉既饱"。

祭祀祖先除了盛大的场合之外,其他地点也可以进行。比如地里的谷子、高粱成熟、丰收了,人们便会将它们做成酒食献祭给祖先。

"中田有庐,疆场有瓜。是剥是菹,献之皇祖。"大田中间盖有居住的房屋,田埂边上长满了瓜果菜蔬。这些作物长成后,削皮切块腌渍起来，也要献祭给伟大的先祖。

这是《小雅·信南山》里描绘的祭祀场景，说明当时先民们通过祭祀向祖先的神灵表达敬爱和忠诚，并没有固定的时间和地点。

诗里还写道："祭以清酒，从以骍牡，享于祖考"。这便是大祭了。先摆上清酒，再献上红色的公牛，让祖先们来享用。按当时的做法，需要用刀剥开公牛的皮毛，取出它的鲜血和脂膏。这听起来有点血腥，但正是那个时代祭礼神圣性、庄重性的一种体现。

贵族们相信，只有通过如此隆重的仪式，伟大的祖先才会赐福后代，让子孙们福寿绵延。

《诗经》里描写祭祀的诗作很多，祭祀的对象也五花八门——祭天、祭地，祭山、祭河。因为相信万物有灵，身边的一切都可成为祭祀、崇拜的对象。

比如像《小雅·甫田》里，周王因为庄稼喜获丰收，他庄严地祭拜了土地神、四方神、农神（神农氏），希望这些神灵长久地赐福给他，年年五谷丰登。

比较盛大的祭礼还有社稷祭祀。社稷祭祀的规格非常高，不仅由帝王或诸侯亲自主祭，祭品也有很严格的规定。

周王祭祀社稷，用的祭品是"太牢"。太牢包括牛、羊、猪三种动物，俗称"三牲"。诸侯的规格低一些，用的祭品为"少牢"，只包括羊、猪两种动物，没有牛。他们祈求通过隆重的祭祀，求得平安、丰收、幸福。

祭祀是正经八百很严肃的事情，与"玩"没有多大关系。但它承载着贵族们对美好生活的向往，同时也包含着极其宏大的愿望和梦想。

只要人类社会存在，就有分工，就有劳作，唯其如此，人类才能生存繁衍下去。

有句话说："劳心者治人，劳力者治于人。"其实，不管是"劳心"，还是"劳力"，都属于工作的范畴。贵族和普通劳动者一样，都有各自的活干，尽管工作的内容、形式很不一样。

和平年代，朝廷正常运转，担任朝廷命官的贵族们必须按时去上班。特别是那些地位崇高的大臣们，清早就得去上朝，与周王议事。周王作为贵族之首，也得忠于职守，每日去朝堂上会见大臣，睡不成懒觉。

周宣王是西周王朝的中兴之主，很勤勉，对政事很关心。有一天，他早早地起来，问身边的专门负责报时的官员："现在是凌晨什么时候了？"

报时官回答："天还没有亮，庭前照明的火炬正烧着呢！"

此时，那些需要上朝的大臣们也已经行动了，他们坐着马车赶来，大老远就能听见车上的铃铛在叮当作响。

这是《小雅·庭燎》记录的画面。周宣王心情有些急，大概这一天的政事比较多，得赶紧处理。他问了一次又一次，报时官都给予耐心地解释、回答。

时间慢慢过去。周宣王着急赶到朝堂去，他又问起来。

夜如何其？

夜乡晨，庭燎有辉。

君子至止，言观其旂。

他问，这时是夜里什么时辰了？

报时官告诉他，天色已经快到清晨，庭中的火炬烧得差不多了。大臣们快到了，已能看到他们车上的旗子。

这里说点题外话。其实在最开始时，周宣王并没有这么勤奋。他的老婆姜后是个美女，刚结婚那阵，宣王被老婆迷住，每天早睡晚起，不理政事。大概有点像一千多年后的唐玄宗，"从此君王不早朝"，只是程度没有那么严重。

姜后不是杨贵妃，知道这样下去对丈夫和国家不好。于是，她摘掉簪子，脱去耳环，素面朝天来到宫中的一条街巷中，长跪请罪。

她派了自己的傅母（保姆）去宣王面前传话："我这个做皇后的没有什么才德，使您好色忘德，不能按时上朝。要知道，凡是好色的君王，必然会穷奢极欲，导致祸乱丛生。推究这一切的根源，都是我的错。因此，请您治我的罪！"

这些话一看就是冠冕堂皇之词，教育意义大于字面意义。周宣王不是傻子，一看就明白了。加上他本身品质不错，赶紧说："这是我道德有问题，完全是自己的错，不是夫人您的过错啊！"从此一改过去的懒惰习惯，由早睡晚起变成晚睡早起，勤勤恳恳干工作，成就了中兴之名。

显然，这个故事的主角是姜后，正是她的劝谏，拯救了一位沉溺的君王，她由此在历史上获得了"贤而有德"的美誉。后来，我们便看到了《小雅·庭燎》中那位勤政贤能的周宣王。

贵族们的工作内容很丰富。除了上朝讨论政事，君王、大臣等还有许多其他的事情要做。

比如，修筑宫殿。《小雅·斯干》讲了周王宫室落成的事，其中"筑室百堵"这种具体的工作，肯定有贵族参与设计、监工等。

又如，出差，到外地开展调研和督察等。

当然最常干的，可能是开会。现在，报纸上常常批判"文山会海"。和今天比，那时的情况可能略有区别。

当年的"文山"估计不会高到哪儿去，纸没有发明，书写不便。识字的人也不多，发那么多文件用处也不大。

但"会海"应该比较深，君王、诸侯和各类官员碰了面，研究结盟、准备战争、处理内政等，都要商议、讨论、分析，于是有了各种大会、小会，长会、短会，公开的会、秘密的会。会议数量也不比今天少。

有一次，周王穿着红色的皮蔽膝，佩戴着宝剑，刀鞘外雕刻有花纹、镶佩着玉饰，样子十分英武。他坐在帝王才有资格坐的豪车上，带着大批随从和警卫人员来到洛阳。

"瞻彼洛矣，维水泱泱。"（《小雅·瞻彼洛矣》）他朝洛水望去，烟水茫茫，无边无际，一派大好景象。

眼前的景色确实美好，但周王不是来看风景的，而是来工作的。他这一次的主要工作，是召集诸侯们开会，顺便检阅军队。

他们开完会后，举行了声势浩大的阅兵仪式。周王做了训话，"以作六师"，号召六军奋起振作。士兵们在周王训话后，大约像现在一样，喊出"首长辛苦了""保家卫国"之类的雄壮口号。诸侯们同样会献上颂辞，他们喊的是"君子万年，保其家室""君子万年，保其家邦"！大意是国王万岁、保卫国家。

在这样的大型集会中，气氛严肃，场合隆重，周王、诸侯、士兵都得严肃以待，从讲话到动作都不能出错。

开会讲话是一门学问，需要高超的领导艺术。周王在领导岗位上待得久，经历过的场合多，讲话技巧很高。

他还善于夸奖。

"我觏之子，我心写兮。"

"维其有章矣。"（《小雅·裳裳者华》）

一次宴会上，他对诸侯们说，我见到大家，心里头十分舒畅，大家都是有才华、有本事的人。

他进一步表示，"左之左之，君子宜之。右之右之，君子有之。"不管是左丞相的岗位，还是右丞相的职位，像大家这样的贤人，都能愉快胜任，尽展所长。当天子的能这么不吝言辞赞美，诸侯们听在耳里，一定会记在心里，满心欢乐的。

他也善于提要求。

有一次，也是宴请诸侯，他做了致辞。"君子乐胥，万邦之屏。"（《小雅·桑扈》）他先祝诸侯们工作愉快，当好国家的屏障。然后，话锋一转，要求诸侯们"不戢不难""彼交匪敖"，即要克制欲望，谨守礼节，不要侥幸，更不能傲慢。

周王在这里先抑后扬，先是温婉的祝福和表扬，再提出严厉的要求，诸侯们听了，心只怕在"咚咚"跳。

高层贵族的见面、聚会，往往都带有一定的政治目的。看似普通的会面，实际上也是工作的一部分。讲话、发言等，都要仔细斟酌，时时处处得小心，较之我们今天的上班，可能还焦虑一些。但热衷官场的一些贵族仍旧乐在其中。

先秦时期的贵族去世，除了隆重的葬礼外，还有史官为他们写"传"，将他们生前的事迹记录下来，好让后人得知。他们的陵墓也比一般人大，古人"视死如视生"，认为存在着一个和现世平行的"阴间"世界。贵族们在人世间享受繁华，死后依然恋恋不舍，于是，即便是身故，也要带一些东西跟着自己一同道地下去，继续享受荣华富贵。于是，他们的墓中便陪葬有许多贵重物品，成为后世盗墓者追逐的对象。

贵族们如何在自己的丧仪和陪葬物上折腾，老百姓也敢怒不敢言。但有时不仅仅是花钱的事，当时还有"人殉"的风俗，就是说君主若死了，还会强迫一些亲近的人陪葬，别说那些原本活得好好的却突然要白白去死的人，就是普通老百姓，看着自己爱戴的人这样去死，心里也极不情愿。来读《秦风·黄鸟》中的一段：

交交黄鸟，止于棘。谁从穆公？子车奄息。

维此奄息，百夫之特。临其穴，惴惴其栗。

彼苍者天，歼我良人！如可赎兮，人百其身！

诗里说得很明白，秦国的著名君主秦穆公死了，让一个叫"子

车奄息"的大臣陪葬。诗写得很有感情，还有一点故事性，译述如下：

黄雀交交地鸣叫，停在那酸枣树上。
谁跟随穆公陪葬于地下？是那个叫"子车奄息"的大贤臣。
可怜这个子车奄息啊，他是国家难得的人才。
当他来到墓穴边，惴惴不安心颤栗。
苍天在上不开眼，为何坑杀大贤臣！
如果可以代他死，愿将百条命来换。

《秦风·黄鸟》这首诗共三节，上面引的是第一节，其他两节意思差不多，只不过换了陪葬人的名字。其中，第二节里的陪葬者是"子车仲行"，第三节中的陪葬者是"子车鍼虎"。这三人是三兄弟，都是秦国的贤臣，号称"秦国三良"。对于他们的死，老百姓很悲痛，写了这首诗怀念他们，表示愿意用自己的生命来换取他们的生命，情感不可谓不真挚。

秦朝的殉葬制度是有传统的。史书上说，秦武公死时，用了六十六个人殉葬。秦景公用了一百八十多人，数量更为惊人。至于秦始皇，更不知有多少人跟着活埋在皇陵了。《秦风·黄鸟》里提到的秦穆公，给他陪葬的绝不止子车奄息、子车仲行、子车鍼虎"秦国三良"。《史记》里说是"从死者百七十七人"，即有一百七十七个人殉葬。除了"三良"，还有一百七十四位陪葬者。他们是什么身份？诗中没有说。用当时眼光看，奴隶和平民殉葬，属于题中应有之义，死了就死了，很正常，不值得惋惜和悲伤。

但只有像"三良"这样的贵族,才值得叹惋。

秦国的贵族很多,为什么只有"秦国三良"被选中殉葬?这里还有一段故事。子车奄息、子车仲行、子车铖虎这三个人都是秦国的重臣,秦穆公在世时很喜欢他们,经常和他们在一起喝酒聊天。秦穆公曾感叹道,我们感情这么好,活着在一起快乐,死了也要在一起才好,即"生共此乐,死共此哀"。这三位老兄正值酒酣耳热之际,兴致高得很,想都没想就答应了。

等到秦穆公死了,他的儿子秦康公即位。这个秦康公记得"三良"答应和老爹一起死的事,于是跑去找子车奄息、子车仲行、子车铖虎等人说,你们曾许诺和他一起"死共此哀"的,他现在正等着你们呢!

"三良"虽然是有名的大臣,面对死亡,还是吓得"惴惴其栗"。看来,跟君王在一起喝酒,真是不能瞎说。当然,不管有没有和秦穆公喝酒这段事,"三良"依然很可能被拉去殉葬。君王想找两个人陪葬,还不好找理由吗?况且,当时殉葬的事流行得很。《墨子·节葬》篇里说:"天子杀殉,众者数百,寡者数十;将军大夫杀殉,众者数十,寡者数人。"实在是耸人听闻。

贵族有贵族的玩法,群众有群众的看法。
他们穿着华贵的衣服,吃着山珍海味,在庞大的猎场里追逐猎物,在各种隆重的场合里祭祀神灵,在极其高大上的地方上班和工作,就连死,也要拉上一大堆的下属和奴隶垫背。

他们有很大的财物自由、人身自由、权力自由，自然是风光无限、享乐无边。但是，大部分民众对他们的生活状态并不认同，甚至表示愤怒、诅咒、反抗。

你这边正品尝着美食，欣赏挂在庭院中的猎物；而那边一群正砍伐檀树的老百姓却在质问，你既不种田又不割禾，为什么家里有那么多的粮食？你既不追赶又不打猎，为什么院子里挂着猪獾？（《魏风·伐檀》）在人民群众眼里，贵族们就是一群不劳而获的寄生虫。

你这边在享受着休闲、富足、快乐的生活，那边的老百姓在狠狠地诅咒你们这群老鼠一样的东西，只知道压榨群众，白吃白喝。（《魏风·硕鼠》）甚至，你们这帮家伙连老鼠都不如，老鼠还有一张皮，你们连一点礼义廉耻都没有，真不如死了算了。（《鄘风·相鼠》）

你穿着时尚的华服，漂亮的红鞋，长得白白胖胖的，以为自己是个美男子，但老百姓看你却像一匹老狼，往后退踩着长尾巴，向前进踏着肥下巴，进退失据，油光水滑，品德名誉都极差，一看就不是善茬。（《豳风·狼跋》）

站在人民群众的角度，他们极不喜欢贵族的生活。究其原因，是因为他们的生活是与贵族对立的。社会上的资源一共就那么点，贵族占得越多，生活得越好，百姓的生活品质就会降级得越厉害，生活得越差。他们怎么会喜欢贵族的那些"好玩""会玩"的日常生活呢？

第九章 诗经时代的国家安全体系

——死生契阔,与子成说。
执子之手,与子偕老

《诗经》时代，国家的整体安全环境相对混乱。外部有玁狁（起先叫鬼方，后来叫犬戎）等部族的侵扰，内部有各诸侯国之间的争端，国土上到处是刀光剑影、互相残杀。频繁的战争需要大量的军队。在用拳头说话的年月里，哪个诸侯国的军队更多、战斗力更强，谁在政治上就更有话语权。

　　史料记载，西周时已有比较完备的军队体制，也有相对完善的兵役制度。当时，不同层级和身份的人，在军队里担任的角色是不一样的。"士"属于贵族，但处于贵族的最底层，他们进入军队后有资格充任"甲士"。一般的农民，即所谓的庶人，成年后被征调上战场，担任的兵种则是步兵。奴隶没有担任甲士和步兵的资格，只能在军队里承担杂役，干一些打柴、挑担、做饭之类的后勤工作。

　　一批又一批的青壮年男子被征募到军队里，有的在战车上冲锋陷阵，有的在战场上奔跑追逐，有的则在后方准备伙食。我想，当时除了朝中极少数战争狂热分子外，没有几个人会真正热爱这种刀口上舐血的生活。

　　《诗经》里的很多诗，都反映出战士们对家人绵长悲苦的思念，和对战争发自肺腑的厌倦。这些诗，便是唱给士兵和家人们的忧郁悲歌。

死生契阔，与子成说。

执子之手，与子偕老。（《邶风·击鼓》）

这几句诗，今天我们许多人都很熟悉。它代表着最美好的爱情表白和最长情的爱情理想。张爱玲在《倾城之恋》里一再吟咏这几句诗，更加坚固了许多人的想法。从字面上看，这几句诗很像是在静好的岁月里，热恋中的男女们互相许诺的誓言，来表达对两人爱情的期许，以及自己的坚贞不移。

然而，事实并不是这样。如果把这几句诗的真实背景放映出来，估计许多人会小吃一惊。这些诗句并非两人和平年月花前月下的甜言蜜语，而是一个士兵在战争间隙对爱人的痛苦思念。

事情还是要从原诗《邶风·击鼓》说起。那时，邶地的一位男子被卫国政府抽调去当兵。战鼓擂得咚咚响，士兵们正在踊跃训练，做征战的准备。其实，当时各地有那么多的军队，分工各有不同，也不是每个人都要上战场。比如这次军事行动中，就有一部分人需要留下来，负责修路、筑城墙、加固工事。可邶地这位士兵运气不好，他接到了南下的命令，让他跟随孙子仲将军去攻打宋国、解救陈国。

事情的起因是这样的，当时的宋国不知什么原因，与陈国发生了一些摩擦。边上的卫国一看，这不是事啊，陈国平时和自己的关系不错，得去帮帮。于是便派孙子仲带兵赶到陈国，把宋国的军队敲打一番，把这场风波平息了下来。事情到这儿，本来该完结了。

但"螳螂捕蝉，黄雀在后"，一旁的晋国看他们打得热闹，对卫国不满了，你为什么要去救陈国呢？马上派出一支军队，来讨伐卫国。与晋国比，卫国当然不经打，便赶紧讨饶，表示屈服。

那时，各国之间的关系乱得很，你打我、我打你，一会儿同仇敌忾，一会儿又势同水火。为了利益，国家之间打仗如家常便饭，活在这中间的老百姓可遭殃了。

现在，跟随孙子仲将军留在陈国的那些士兵，则非常尴尬和狼狈。回来吧，陈国处在危险中，上面没有班师回国的命令。不回吧，晋国要攻打咱们国家呢？按诗里的情形，他们没有按时复员回到老家。"不我以归，忧心有忡。"那位邶地士兵表示，上头没有让他回去，于是他忧心忡忡。

偏偏还发生了一段小插曲。由于每天奔波、巡逻，需要驻停在不同的地方，在这过程中一不小心，他竟把战马给丢了。"于以求之？于林之下。"到哪里去找马呢？也算是老天爷可怜，让他在树林里的大树下给找到了。

经历了军队里的种种苦楚，他更加想念自己的爱人。接下来，开头那几句诗，便脱口而出了："死生契阔，与子成说。执子之手，与子偕老。"他是在说："一生到死不分离，这是我们早已说好了的。我要握住你的手，和你厮守到白头"。

你看，这不是什么甜甜蜜蜜的恋爱情话，而是处于艰难战争环境中的人无奈的告白。其中承载的感情重量，是和平环境中的恋人絮语不能相比的。

况且，这种思念和誓言，还因为山河的阻隔变得不可依靠。

比如这位士兵，接着就发出了最为无可奈何的叹息，"于嗟阔兮，不我活兮。于嗟洵兮，不我信兮"。这山长水阔的距离，太过遥远了，我们没有办法相见相聚；而离别太长，光阴又走得太快，相守的信约和誓言变成了一种虚幻。

很难预知这位士兵与他爱人将会有着怎样的结局。

或许，回到家乡后，爱人在等他；或许，家里变得空空如也，爱人早已不知去向。现实常常没有文学中描述得那般浪漫，当我们回到"执子之手，与子偕老"的现场，才发现背景一点都不旖旎、不柔和、不甜蜜，而是充满了忧伤与悲苦。

周朝的王都本来在镐京，但周幽王被灭后，他的继任者周平王为了安全起见，决定把周王朝的都城迁到了洛邑，这就是所谓的"平王东迁"。

东周初期，整个版图上的政治形势大致是，周王朝的权威明显变弱、下降，——毕竟你都被迫从西边转移到东边了，还有几个人会全心全意听你的话？但从另一个角度来说，周王朝终究象征着当时国家里最高的权威，瘦死的骆驼比马大，他们残存的力量也足够支撑一些规模不大的军事行动。

与此同时，一些诸侯国正在崛起，变得越来越强大。他们蠢蠢欲动，有些比较无礼、胆大的诸侯，开始慢慢无视周王朝、周平王的存在。但他们的挑衅和蔑视并不是直接从周王朝开始，而是先从欺负周王朝边上的小诸侯国着手。

当时，周朝都城边上，环绕着申国、甫国、许国等小国，这

194 遇见诗经

些小国没什么战斗力,大诸侯国要敲打他们,他们只能自认倒霉,没有半点还手之力。而南边强大的楚国,又不时流露出要一举吞并这些小国的雄心,搞得这些小国人心惶惶。

周平王那时还有点实力,边上的这些小国拱卫着周王朝的都城,如果灭了,颇有点唇亡齿寒的味道,对周王朝没有任何好处。加上周平王的母亲是申国的姜姓公主,而甫国和许国的国君也是姓姜的,大家都是亲戚。于是,周平王出手了。

周平王调集了一些军队,到申、甫、许三国帮助守卫。由于军队不够,又要戍守三个国家,服役的时长不断拉伸,到了该轮换的时候,也没法轮换。原本以为守两年就能回去,现在守了四年了,还没有听到准许复员回家的消息。士兵们的焦灼忧虑已经快到达顶点。

扬之水,不流束薪。

彼其之子,不与我戍申。

怀哉怀哉,曷月予还归哉?(《王风·扬之水》)

河水在平缓地流,捆紧的干柴冲不散。我心中想念的那个人,没有和我一同来申国戍守。我不停地日思夜想,何年何月才能回到老家?这应该是当时全体士兵们的心声和呐喊。

在同一首诗中,守卫甫国的士兵发出了"彼其之子,不与我戍甫"的呼声,守卫许国的士兵也发出了"彼其之子,不与我戍许"的怨怒。

人同此心,心同此理。长年在外的士兵,实在太厌倦戍卫的生活了。他们渴望回家,回到亲人身边。但他们只敢表达自己想念爱人的心声，却没有流露一句怨怼政府的话，这说明他们对王朝怀着深深的敬畏。所以他们不会逃跑，不会兵变，只会默默承受，最多发几句牢骚而已。

结了婚或有心上人的兵士会想念自己的爱人；而没有娶亲的年轻小伙子，到了军营里，没有爱人可想，日子是否会好过些？他也不是一块石头，有着鲜活的感情，他也会想念自己的父母兄弟。

这种想念也是痛苦的。《魏风·陟岵》反映了魏国一位士兵撕心裂肺地想念父母和兄长的情景。

他登上一座草木茂盛的山，站在灌木丛中，向老父亲所在的故乡眺望，越望越心酸。出来好长一段时间了，没能回去看看父亲。父亲现在在干什么呢？或许是在念叨，"嗟！予子行役，夙夜无已。上慎旃哉！犹来无止！"——"唉，我的儿子在外面当兵服役，不分白天黑夜在操劳。孩子呀，可要小心保重自己的身体，早点回来不要停留。"

他又登上一座光秃秃的山，这次想起的是他的老母亲。他望向远方，想象母亲也在念着他这个儿子，担忧他的生死存亡。母亲的心愿和父亲一样，要他保重身体，珍惜生命，千万不要抛尸他乡。

接着，他登上一座高高的山冈，朝着兄长所在的老家遥望。他想起了和兄长在一起成长、劳作、玩耍的情形。如今，自己守卫在边疆，兄长心里也充满了担忧。他想象兄长在叮咛，"上慎旃哉！犹来无死！"——"好好保重啊，早点回来，不可死在异乡。"

这位魏国士兵登山思家，想到肝肠寸断，特别是想起父母和兄长对自己的嘱咐，心里更是滴血不止。

军人的生活是悲苦的，有时连生命都不能保障。但愿他们在战争的风雨中能平平安安地活着，活到回家的那一天，让活着的自己慰藉家人牵挂的心。

思念、想家、担忧，属于精神层面的痛苦。抛开这些不论，仅就物质生活而言，当时的士兵也过得十分清苦。

来看曹国一位"候人"的待遇。"候人"是一种小官，职责是看守边境、迎送宾客和修整道路等，但实际工作中，除了少数人由低级官员充任以外，大部分都是由普通兵卒担任。

曹国这位"候人"，是货真价实的兵卒。"彼候人兮，何戈与祋。"（《曹风·候人》）因为是当兵的，他的肩膀上扛着戈、祋等武器。

他坚守在自己的岗位上兢兢业业地工作。这种辛勤、敬业的态度，并没有给他换来体面的、有尊严的生活。反而是那些新贵们，在曹国占尽风光。

"彼其之子，三百赤芾。"新贵们的数量不少，居然有三百人。他们穿着红色牛皮制的蔽膝，占据着政府的高位。曹国是个小国家，却养了这么多的贵族，老百姓的压力和负担可想而知。

这帮新贵们就像栖息在鱼梁上的鹈鹕，本应该下水捉鱼，可它的翅膀竟是干的，一看就没有干过活。"彼其之子，不称其服。"

是说这些穿着牛皮蔽膝的人，德不配位，慵懒无为，配不上他们身上的装束。

而那扛着戈和殳的那位"候人"，则始终老老实实地守在岗位上，极其努力地工作，但连基本的生活都没有保障。

那天，他值了整整一夜的班，天亮了，云雾在天空弥漫，南山上出现了彩虹。"婉兮娈兮，季女斯饥"，这个时候，他想起自己的小女儿。这是一个美好得如同彩虹般的孩子，可她却饿着肚子，不知道早饭在哪里？

这就是当时士兵的生活水平，拼死拼活，加班加点，别说自身的生存条件差，就连最疼爱的小女儿都没有饭吃，一家人全在饥饿线上挣扎。

这样的军旅生活还有什么值得期待？

退几步说，毕竟这位"候人"没有上战场，工作环境还算相对安稳的。而那些在战场东奔西突的士兵，日常生活便更悲惨了。《小雅·何草不黄》中的士兵们就一天到晚没得休息，奔波不停。

战事繁重，征途遥远，他们在旷野里行军，整日整夜地跋涉，连喘息的机会都没有。这样一看，比曹国的"候人"要"丧"得多。

匪兕匪虎，率彼旷野。

哀我征夫，朝夕不暇。

这些士兵不是野牛，也不是老虎，却要像野兽一样在原野里穿行。军令如山，丝毫不敢停留。不论白天黑夜，始终奔劳不止。

《小雅·渐渐之石》说的也是士兵行军的事。这群士兵要去东征，他们是周天子的军队。彼时周王朝还有一些力量，想出兵去教训一下不太听话的楚国。

但这条路非常不好走。楚国山多，到处都是"渐渐之石"，险峻的石头遍布四周，又高又陡，而且路很长，真是"山川悠远"。有时，碰上下雨，大雨滂沱，河水暴涨，泥石流滚滚而来，一不小心就会被冲走。

可是，再艰难也得往前走，军情面前，没有什么可商量的余地。"武人东征，不皇出矣"，"不皇他矣"。为了完成东征的任务，士兵们管不得什么风险了，也管不得什么其他事情了！这样的生活真是身不由己。

朱熹老夫子谈到这首诗时说："将帅出征，经历险远，不堪劳苦而作此诗也。""不堪劳苦"这四个字，恰如其分。

另外一位士兵，可能是军队里干杂役的，正跟着部队长途跋涉。他已经非常疲惫了，但精神上仍有一股劲在撑着，他努力咬着牙继续前行。"岂敢惮行，畏不能极。"（《小雅·绵蛮》）按他自己的说法，不是怕走路，而是怕不能按时到达终点。

这时有位贵族大臣——可能是这个部队的某个高级官员，正驾着车经过，看到他这副辛苦可怜相，动了些恻隐之心，就给他弄了些水喝，又送了点东西吃，还和他说了些话，安慰他、教育他、开导他，帮他打气。后来，干脆"命彼后车，谓之载之"，命令后面的副车，把这位士兵拉上，让他稍微歇会儿。

这应该算是这位士兵的军旅生涯中难得的际遇了，只是大多数时候，是没有这样的好运气的，只能靠自己走到底，忍受饥渴疲惫，用自己的双脚丈量人生的艰难。

　　《诗经》时期的世界很不安宁，是一个充满了战争的时代。
　　首先，是和猃狁等部族的战争。先是与鬼方（猃狁的前身）战斗，周成王曾率军与鬼方大战，俘获一万三千多名敌军，当时的战况十分惨烈。等到西周末年，猃狁又趁周王朝内乱，不时在西边捣乱，甚至打到了王城边上。后来，猃狁继续发展，成为犬戎，坐大后会同周王朝的一些内部势力，竟把西周灭掉了。
　　到了东周时期，周王朝和各诸侯国又经常受到"狄"的攻击。"狄"与犬戎有关系，但并不是一伙的，而是属于同源异派。"狄"的攻击力也非常强劲，据记载，它攻打过齐国七次、卫国六次、晋国五次、鲁国二次，邢、宋、温、郑和周王朝各一次，是个非常难对付的主。许多诸侯国都对它的攻击应付得吃力，便索性迁了都，有的国家甚至差点被它灭掉。幸好后来，晋国战力大长，出兵把"狄"灭了，这才算消停下来。
　　而对内，各诸侯国之间也没有和平相处，经常为了一点小事互相打得头破血流。可打仗从来都不是轻松的事，特别是对于普通士兵来说，他们处在战场的第一线，是最直接的受害者，也最为艰难辛苦。
　　当年西周周懿王当政时，猃狁入侵宗周，即今天陕西岐山县东北一带，这是周朝的发祥地。猃狁军队的战斗力相当暴烈，一路狂烧滥杀，抢走许多财物，杀了许多百姓。
　　西周的边防守军是有责任心的，他们站出来抵抗，却根本不是对手，被打得晕头转向。眼看着猃狁步步紧逼，快打到镐京了。亡国的危险临近，周懿王赶紧派出了六师。"六师"是西周的禁卫军，战斗技能非常硬核，每个师有三千名士兵，"六师"共一万八千人。这支军队一出来，形势立马反转。双方在凤翔相遇，展开激战，猃狁很快被击败，逃回故地。

一个人在国家有危难的时候，能够挺身而出，保家卫国守边疆，当然是很光荣的事情。但不得不承认，这种精神上的荣耀和情怀，一旦落到具体的家庭和个人身上，有时却会造成悲剧。就拿打猃狁这场战争来说，即使打胜，仍然会有大量的士兵付出生命的代价，还有相当多的士兵因受伤而终身残疾。

《小雅·采薇》便很恰切地反映了参加这场战争士兵的心声。

靡室靡家，猃狁之故。

不遑启居，猃狁之故。

这位士兵本来有家有室，现在却不得不弃家远行，参与跟猃狁的战斗。在军队里本就连坐一坐的时间也没有，疲惫得要命，同时还要去跟猃狁厮杀。

当时的战争主要以车战为主，开战时，车上站有甲士三名，车下跟着一大群步兵。诗里说，他们驾上兵车奔向战场，四匹战马高大强壮。那些日子，他们一点也不敢驻停休息，因为每个月有好几场战事在等着他们。——简直是天天在拿性命相搏。

"岂不日戒？猃狁孔棘！"在战争的间隙，没有生死搏斗了，他们仍要全副武装，随时准备冲上去厮杀。正如诗中说的，哪敢不每天戒备着？因为猃狁太厉害、太猖狂了！万一他们过来偷袭，不加防备就惨了。

爱国勇敢是一回事，可是，士兵们另一种真实的心曲却是——"忧心孔疚，我行不来"，他们内心里非常担忧和痛苦，担心自己回不了家。为什么回不了家？原因无非两个：一是在战争中牺牲了；二是战争永远打不完。

也就是说，这位士兵对战争很厌倦、很厌恶、很厌憎。何况与猃狁的战争强度这么高，危机这么大，一不小心就会死在战场上。

西周晚期国力衰弱，边境的猃狁常常犯境骚扰，弄得周王朝和老百姓都苦不堪言。

而等到周宣王上位时，情况却略微发生了变化。按史书上的说法，这位君王"内修政事，外治武功"，把国家治理得强大了些，兵力也大大增加。他对猃狁毫不留情，连续暴击，"歼敌甚多"，相对稳定了边防。

有一次，周宣王命令大将南仲带兵出战。"赫赫南仲，猃狁于襄。"这位南仲将军威名在外，战功赫赫，他一上场，定会一举将猃狁扫除殆尽。

在南仲的率领下，战士们驾着战车，插着各式各样的战旗，军容极为雄壮。他们在北方边境筑城墙、建工事，做好战斗准备。与猃狁的战争开始后，他们往来冲杀，英勇无比，"执讯获丑"，抓了好多间谍，又杀了好多敌寇，立下赫赫战功。

这种大好形势下，士兵们应该很欢乐、很开心了吧？然而，他们的真实感觉却是，"忧心悄悄，仆夫况瘁"，整天为战事焦虑不安，日渐枯瘦憔悴。

"王事多难，不遑启居。岂不怀归？畏此简书。"这么多的政事和国难，他们整天忙碌，没法安定。他们难道不想回家？只是害怕政府的命令持续传下来，被迫要继续连轴转，根本停不下来。（《小雅·出车》）

另有一次，周宣王派出的是尹吉甫。

据说，当时南仲和尹吉甫两个人做了分工。南仲以防守为主，在北方筑城，玁狁来犯时，直接给予迎头痛击。尹吉甫则以进攻为主，深入敌军腹地，进行扫荡，把玁狁往外赶。

尹吉甫的出行时间在农历六月，天气比较炎热。"玁狁孔炽，我是用急。"此时的玁狁太猖獗，尹吉甫的军队冒着焦躁、酷热的天气，一路急行军往边境赶。

玁狁真不是吃素的。他们本靠游牧为生，战斗力就很强。他们占据焦、获等地，一个劲地朝着宁夏、朔方攻打，一直打到甘肃的平凉。

但尹吉甫也挺厉害，他带着一支铁军，有铁一般的纪律、铁一般的作风、铁一般的攻击力。面对玁狁这么猛的冲杀，他们竟毫不示弱，挥舞战旗，悍然迎战。"元戎十乘，以先启行"，十辆大型战车呼啦啦地冲了上去，一下子就把敌阵冲开了。士兵随即跟着冲上去，一阵砍杀，大获全胜。

最后，尹吉甫带着士兵一路追杀，"薄伐玁狁，至于大原"，猛烈地击杀玁狁，一直追到宁夏固原一带，把玁狁给赶得远远的。
（《小雅·六月》）

这诗主要是赞美尹吉甫的，没有用过多的笔墨描述普通士兵们的行为。但这样残酷的战争，没有伤亡是不可能的。

同样是士兵，直接参与战争，与守卫城市，当然是不同的。在城市里当驻军，除非别的军队来攻占这座城市，否则没有上阵战斗的危险。而上前线戍守则不一样，参与战斗的概率大大增加，动不动还会被派到战场与敌军搏斗。

所以，如果有选择，士兵们当然都愿意留在城市驻守。但是边防部队，也总需要人啊！

王城的一位卫士刚接到调令，让他从王都卫士的岗位到边防军去报到。这对他来说，无疑是生死考验，心里极不情愿。想一想，原来在首都工作，一下子调到遥远、荒蛮的边境去守卫，落差也太大了。于是他当然忍不住要发牢骚：

祈父，予王之爪牙。

胡转予于恤，靡所止居？

他狠狠地叫唤，司马啊，我本来是周王的卫兵。为什么要调我去远征，让我从此居无定所？

"祈父"是当时掌管京城守卫的高级官员，即司马。他的职责之一是调配士兵。现在，他把这位士兵从御林军调往边防军，属于他的日常工作。但士兵心里不愿意，从京城卫戍部队转到边远的野战部队，不仅生活条件差，而且经常要打仗，一不小心命就

丢了。强烈的担忧与惶恐之下，士兵发出了强烈的控诉。

祈父，亶不聪。
胡转予于恤？有母之尸饔。（《小雅·祈父》）

司马啊，你的耳朵不好使吗？为什么把我调到边防军？我家里的老母亲谁来养呢！他对司马知人善任的能力水平表示极度怀疑，对司马的行为表示极度愤恨。

当然，我相信，士兵的愤恨和咒骂，只是在背地里偷偷地进行，司马是不会听到的。现实中，士兵最终也一定会老老实实地去边防部队。因为如若抗命，结局将会更悲惨！

驻军长年回不了家，战斗时刻有生命危险，那么战争结束了，士兵可以回家了，他应该高兴了吧？

然而，事实上并非如此。一位打败了玁狁的士兵，正随军凯旋归来。在我们的想象中，此时的气氛应当十分热烈。他的正常表现是，兴高采烈地朝着妻子、儿女狂奔过去，和家人紧紧拥抱在一起。稍后，待激动的心情平复后，他拿出自己的军功章，用夸张的语气讲述自己在战场上英勇杀敌的故事，让亲人们不时惊叹并向他投以佩服的眼光。

但是，这个画面却没有出现。相反，在回家的漫长路途中，他的情感是忧伤、惆怅的。他感叹着岁月的易逝，悲叹着旅程的辛苦。悲哀始终在他周遭弥漫，以至于几千年后读到他当时的话，也依旧会为他感到忧愁。

昔我往矣，杨柳依依。

今我来思，雨雪霏霏。

行道迟迟，载渴载饥。

我心伤悲，莫知我哀！（《小雅·采薇》）

这是一段非常著名的心灵独白，有情有景，有怨有叹，意思也很清楚。他说，当初我当兵出征时，杨柳依依随风轻飘。现今我归来的路途中，大雪在纷纷飘飞。在路上慢慢地走，又是饿来又是渴。我的心里充满了伤悲，可谁知道我的哀愁呢！

本该是欣喜的回归，士兵为何却满怀愁绪？私下里揣测，无非两个原因：

一是长期的战争，使他的精神变得压抑、郁闷，心理上也许出现了问题。加上回家的路途漫长而辛苦，他的心情难以舒展。

二是不知道回家后有什么在等着他。这么多年没回家，父母还活着吗？爱人还在等他吗？孩子健康吗？那是一个不可确知的未来，让他怎么高兴得起来？

现实中，的确有些士兵服役归来后，家中早已面目全非。

比如汉乐府《十五从军征》中，那位已成为老头的"老兵"回到家中，只见过去的房子所在地，变成了松柏间的一片坟地。家中的人早已不知去向，或许都死了！

断壁残垣中，"兔从狗窦入，雉从梁上飞。中庭生旅谷，井上生旅葵"，兔子在狗洞子里进出，野鸡在屋梁上飞，庭院里长着野生的谷子，井边长着野生的葵菜。这还是个家吗？

这样的情景想来在当时并不少见。那些在漫漫征途中往家里赶的士兵们，心里又怎么快乐得起来？

西周时期，除了狂揍玁狁，周公东征也是重要的军事事件。

周武王死后，周成王即位。当时周成王年纪太小，对治国理政这一套不熟，资历威望也不够，于是周武王便留下遗命，让弟弟周公旦帮助他治理国家。但周武王的弟弟挺多的，一见周公旦负责摄政工作，大权在握，有的弟弟心里不高兴了，其中管叔、蔡叔和霍叔明确表示不服。

几个不服的弟弟一合计，准备把周公赶下台。他们先是到处散布谣言，说周公有心要篡夺周成王的皇位；再是联络了纣王的儿子武庚等，一起兴兵造反，想用武力把周公赶下台。

周公是什么人啊！他在周武王在世时就展现了杰出的政治才能和军事才能，在武王伐纣的过程中也发挥了巨大的作用。于是，当管叔等人一发动攻击，周公便立即组织力量展开反击，率军东征。

结果不出所料，周公出马，立刻打得叛军们狼狈不堪。他既搞思想政治攻势，又推强烈军事攻击，先弱后强，各个击破，击杀武庚，诛杀管叔，流放蔡叔，把霍叔贬为庶人，打得东夷部落和一些参与反叛的小国满地找牙。历时三年的东征最终取得大胜。

东征结束了，随军打仗的士兵也该回家了。但他们的心情是怎样的呢？"近乡情更怯"，天上下起了蒙蒙细雨，一位士兵有点开心，也有点担心。他不断想象家中的情景，几年不见，到底变成什么模样了？

他想象着，家里种的栝楼藤上应该结果了，藤蔓一直爬到了屋檐下面。屋里潮湿，到处是土鳖虫，门上是长脚蜘蛛结的网。屋前的空地上，有野鹿们零乱的脚印。一到夜晚，点点磷火在远处闪烁。这是他自己的家园，虽然那么荒凉，但并不可怕，值得永远怀念。

他想象，门前的山丘上白鹳在鸣叫，贤惠的妻子在屋里叹息。她正在打扫房屋，等着将要回来的他。那剖开的葫芦，孤独地搁在柴堆上晾着。这些旧物对他来说，竟已经三年不见了！

他感慨，当年妻子嫁过来的时候，黄莺飞翔，羽毛闪光，迎新的马儿有红有黄。岳母亲自给女儿结好佩巾，婚姻的礼仪多得要命。"其新孔嘉，其旧如之何？"当年的新娘是这么美，三年过去，重逢时又是什么样？

在回家路途中，士兵的心情极不平静，他的脑海里闪现着家里的过去和现在种种情形，像放电影一样，画面一页页翻过。他非常渴望回到家中，但心里又不由自主地充满了担忧。

想象终归是想象，家中此刻究竟是什么样子呢？当年的新娘子是不是还那么美呢？一切都是未知数。只有等他抵达那天，才会揭开答案。

"我东曰归，我心西悲。"（《豳风·东山》）他从东边远征回来，朝着家的方向前行，内心里充满了忧伤。这才是他的心绪，他的真实情感流露！即使回家，也并非都是欣喜的坦途！

另外一位士兵也参加了东征的战争。他参与的战役打得很惨

烈,"既破我斧,又缺我锜。"这位士兵带了好几把斧头,有椭圆形的,有方形的,都是用来作战的利器,战争中都给砍坏了,砍出了缺口。由此,可以想象出他参加的打斗是多么激烈,对手是多么顽强!但凶猛的对手,被他们砍死了、砍残了、砍跑了。

他们旺盛、强大的战斗力,显出周公东征的威慑力量,令那些反叛的国家感到惶恐。当然,这些国家也不会任周公用斧头乱砍,而是拼命反击,两边的伤亡率不会小。

因而,东征完了后,这位士兵接二连三发出感叹,"哀我人斯,亦孔之将","亦孔之嘉"。可怜我们这些人啊,老天保佑真是命大,结局这么好!他这是侥幸、庆幸的感慨!有点兴奋的成分,也包含了对老天的感恩!大约在他看来,能够活下来,已经很幸运了。

许多一起上战场搏杀的人,已经长眠在大地上。是的,他此刻到底可以平安回家了。而他那些死去的战友,却早已青山埋骨,再也回不到故土了。

当兵很苦,当兵很累,当兵很危险,这是当年人们的共识。但当兵也不是一无是处,有时也会有些乐趣。

郑国有位大臣叫高克,他的职责是带领清邑的士兵们驻防、训练。高克对士兵约束不严。士兵们都很快乐、很自由、很高兴。有一回,一帮士兵在高克的率领下,先后在彭、消、轴三地驻防,这三个地方都靠近黄河。依凭黄河天险,防御北边"狄"的入侵,是他们的主要任务。

他们驻守时,敌情并不紧张,士兵们的军营生活就相对比较轻松。《郑风·清人》对士兵们的这段生活有生动的描绘。

> 清人在消，驷介镳镳。
> 二矛重乔，河上乎逍遥。

清邑这帮士兵在消地驻守，战车由身披战甲的四匹马拉着，特别威武豪壮。车子两边各插有装饰着野鸡毛的长矛，士兵们在黄河边上自在逍遥。

这支队伍不仅在"消"地如此，在彭、轴两地的情况也差不多，他们的防卫任务比较轻松，他们的日常生活比较自在。

他们怎么会有这么好的待遇呢？事情的源头在郑文公和高克的关系上。

当时的郑国国君郑文公，对带兵大臣高克相当不喜欢。不喜欢怎么办？他让高克带着清邑的部队到黄河边上去驻守。这不是个好差事。那时，河那边的卫国刚被"狄"的军队打得头破血流，高克率领士兵们到河这边防守，是很危险的。万一"狄"渡河过来入侵，他们面临的，将是血淋淋的战斗。

可是，"狄"军的战略意图似不在攻打郑国。高克他们驻守在河边，日子一久松了劲。没仗可打，加上高克的军事才能不高，对士兵们没什么管束。手下的士兵们乐得逍遥、快活。因而，我们看到了诗中描述的场景。

有些生活，过一阵子觉得新鲜，过久就烦腻了。郑文公因为不喜欢高克，也不召回他。士兵们跟着高克长期滞留在黄河边，超期服役，无所事事，逐渐变得军纪败坏，最后溃散四逃，没剩几个人。军队没了，高克得负领导责任。他一看不妙，便逃到陈国避难去了。

按照文学史上的一些观点,《郑风·清人》是讽刺高克的作品,认为高克不积极备战,应当批评和唾骂。事实是否如此,还得另说。

站在士兵的角度,仅看诗中情形,倒是难得一见的军营欢乐场景,是《诗经》的军旅诗中一抹难得的亮色。

其实,当兵从大处看,可以保家卫国,维护国家的安宁和百姓的平安;小处看,也能使当兵的人得到锻炼,磨砺精神,增强荣誉感。

同时,士兵们长年在一起,共同对敌,经此养成同仇敌忾的战友情谊、战斗精神,必将荡气回肠,永世不衰。

有一首传唱了几千年,却仍然没有过时的英雄战歌。它便是《秦风·无衣》:

岂曰无衣?与子同袍。王于兴师,修我戈矛,与子同仇!

谁说我没有衣服穿?我和你同穿那战袍。君王出动军队去战斗,我把戈矛修整好,和你并肩杀敌去!

诗有三节,用词和意思差不多,音节短促有力,如战斗的鼓点、战马的奔腾、战旗的抖动,非常雄壮、热血。

秦国好战、能战、善战,是春秋时期各诸侯国中战斗力最强的国家。秦国人是不折不扣的战斗民族。朱熹老夫子对此用了八个字来描述,"秦俗强悍,乐于战斗"。

我们试想当年的情景,在出征前夜,秦国的战士们围坐在营地篝火旁，喝着秦地老酒，共同唱起这首《无衣》。苍茫悲壮的歌声在边疆的上空回荡，那将是一种多么让人血液沸腾的情景！

一切孱弱的、萎靡的、退缩的情感都与此无缘！即使明天战死又何妨？

古往今来，但凡有一点血性的人，都会被这首古老的战歌感动。

第十章 盘点诗经职业TOP10

——载玄载黄,我朱孔阳,为公子裳

任何时代都有从事不同工作的人。

哪怕你什么都不会，什么都不干，成为流浪汉或者乞丐。——这其实仍可称得上一份"职业"，因为它能够为你提供了口粮，让你生活下去。

《诗经》时代，社会分工没那么细，但已有许多不同的"工种"。比如，贵族中有皇帝、诸侯、大夫，百姓中有农民、猎户、奴隶。不同的职业，各有不同的工作内容、工作对象、工作标准、工作环境。

哪一种职业最好？相信每个人有自己的答案。依据趣味，我搞了一份《诗经》里的职业排行榜。不过需要提前申明的是：

第一，这份榜单没有按高低贵贱的等级标准来划分。——否则，皇帝永远是最好的职业，那有什么意思？

第二，这份榜单只是涵盖《诗经》里的部分职业。因为《诗经》里提到的职业种类实在太多，难以穷尽。

第三，这份榜单仅仅为了好玩，并非权威意见。可供茶余饭后的谈资，不可作严肃的学术参考。

1. 采诗官

《诗经》里的诗有两种来源，一种是文人写的诗，另一种是从民间搜集来的诗。

文人写的诗，来源我们很容易想象，当时有文化的达官贵人，给皇帝、主子或者祖先献诗，或是表达敬仰，或是委婉劝谏，或是用来祭祀。这样的诗歌在《诗经》中很多，韵味一般，除了有一定史料价值外，基本没有什么趣味。

相比之下，从民间搜集而来的诗，就显得有意思多了。《诗经》里的"周南""召南""卫风""郑风""秦风""豳风"等所谓十五"国风"，就是从不同地区采集来的民歌。这些诗情感直白、热烈，手法多样，风格各异，大部分都是颇有风情的佳作，读来令人手不释卷。

谁去采集了这些优美的诗歌？答案就是采诗官。

采诗官的存在，本来是为了警示、提醒皇帝，让他了解民间疾苦。《汉书·艺文志》里说："古有采诗之官，王者所以观风俗，知得失，自考正也。"意即通过采诗官搜集来的诗，当权者可以了解民间的情况，从而知道自己施政的成功和失误在哪里，然后进行调整、改正。

唐代白居易在一首叫作《采诗官》的诗歌里表达了同样的意思，"采诗官，采诗听歌导人言。言者无罪闻者诫，下流上通上下泰"。

采诗的目的固然严肃，但采诗官却是一份浪漫的职业。按照史书上的说法，每当春天来临，河流解冻，草木变绿，猫了一冬的人们便纷纷走出屋宇，开始筹划一年的生计。每当这时，采诗官从宫廷来到民间，沿路敲着木铎，搜集人们随口唱出的歌谣，记录下来后带给宫廷的乐官，由乐官配上音乐后，唱给皇帝听。

春风和畅，采诗官行走在古代的大地上，听着美妙的歌声，看初春的阳光穿过生机勃勃的村庄。不用说，他的脸上肯定洋溢着轻快的笑容。

那是春意的笑，也是诗意的笑。

采诗官活动的范围很广。他们经常被派往不同的地方。不同的地方有不同的声调，不同的音乐风格，化为《诗经》里的文字，便成了不同的"风"。

"风"就是声调的意思。《魏风》是魏国的调儿；《桧风》是桧国的调儿。

经由采诗官们的辛勤劳动，慢慢地积累了很多诗歌，构成了蔚为大观的"国风"诗世界。"国风"里的大多数诗，都是精品佳构，现在仍在传唱，以后也还会千古流传。

历史作家聂作平对采诗官的工作有过相当诗意地描绘：

采诗官来到村庄的日子，往往就是一个节日。村民们也许会备了酒，用过年时留下的半只风干的羊腿欢迎他。他们甚至和许多个村庄的女子有了爱情的第一次乃至第N次亲密接触。回到王城，上古的简陋王城，采诗官将在一炬豆火下整理那些似乎还散发着乡土气息的诗和歌，他们不知道，他们在那些沉沉的夜里刻划下的象形文字，将会成为一个古老国度的文学的源头，正如蜜蜂在采花的时候也从来没有想到过，它们会带来一个声势浩大的人间的春天。

——如果生活在周朝，能够自由地选择职业，我会毫不犹豫地选择"采诗官"。

2. 舞师

古代的诗和音乐有着天然的联系，常常配乐便能歌唱。遥想久远的古代，人们一边唱诗，一边跳舞，画面相当美妙。因而，如果当不成采诗官，能够做一名舞者也是不错的。

与现在的街舞等不一样，当年的舞蹈大多是在盛大的公共场合，具有某种仪式性质。领舞的人——也就是职业舞者——常常是万众倾慕的明星级人物。

卫国有一种舞，叫"万舞"。这种舞极其威武雄壮，通常在正午时分开跳。

领舞的男子高大帅气，"咚咚"鼓声中，只见这位舞者，一会儿展现自己如猛虎一样大的力气，手握缰绳像捏着丝绸带子一样容易（"有力如虎，执辔如组"），一会儿左手拿着龠管吹，右手握着野鸡翎挥（"左手执龠，右手秉翟"）。红光满面，风情万种。

台上的君王看得呆了，连声高喊："赐酒、赐酒！"

一位女子在台下看得满心欢喜，竟倾心爱上了他。一时间，伸长脖子，朝他舞动的方向痴情地望去，口中念念有词，心中念念不忘。

能成为"万舞"的舞师，应该是一件很快乐的事。除去有君王喜欢、女人倾心这些世俗的因素外，作为一种全身心投入的文艺活动，他在畅快激烈的舞动中，也能感受到别人无法感受到的乐趣，身体中一定像过了电一样刺激、快意。

清华大学的心理学家彭凯平说，当人们做自己特别喜欢的事情时，经常会进入一种物我两忘、天人合一、酣畅淋漓的状态，处于这种境界中的人们身上充满了"福流"。

那位"万舞"的舞师，全身定然汹涌着澎湃的"福流"。

这是独属于舞者的快乐。

卫国的"万舞"是大型舞蹈，大约有点像现在运动会开幕式上的集体舞。

既然有大型的集体舞，自然也会有小型集会的小型舞蹈。

王城附近的一位舞师，所从事的工作就是在贵族的宴会上跳舞，为宴饮的王公贵族们助兴。

作为职业舞者，他的表演放得很开，不但自己跳得好，还很会挑动气氛，适时邀请乐师和他一起跳，把氛围搞得很热闹。

君子陶陶，

左执翿，

右招我由敖。

其乐只且！（《王风·君子阳阳》）

这位舞师在宴会上跳舞，心里乐陶陶的，左手拿跳舞的道具——五彩野鸡毛做成的"翿"，一摇一摆，左右晃动，完全沉醉在舞蹈中。

他偶尔抬眼一看，发现乐师在台下演奏。兴之所至，马上伸出右手招呼，"来，奏一曲'由敖'！""由敖"是舞曲的名字。

经他一召唤，乐师很配合地奏起了这首乐曲。

舞者跳得更起劲了。乐师被他感染，也边吹边舞起来。这种小众聚会上的舞蹈，没有集体舞那样气壮山河，但另有一种随性和柔美。

宴会上充满了欢乐的空气！

在《诗经》时代，成为一名舞师，很文艺地活着，或许是不错的职业选择。

3. 猎人

农耕时代，猎人是一种富有游侠和浪漫色彩的职业。

农民被固定在土地上，按照时令、节气，种下不同的作物。活动范围被圈定在相应的地块里，没有多少自由。

猎人尽管一般附属于贵族，为贵族工作。但和农民比起来，他们的生活要有趣得多。他面对的是广袤的平原或葱郁的森林。

他飞快地奔跑在大地上，追赶着野兽，或是一箭向天空射去，大雁应声而落。

想一想他们自在奔跑的样子，心里很羡慕。

猎人通常具有较高的武力。这本身是一件很高能的事儿，很大程度上为这个职业加了分。

召南的地区把猎人叫"驺虞"，他们可作为武艺高强的例证。"彼茁者葭，壹发五豝，于嗟乎驺虞！"（《召南·驺虞》）——茁壮茂盛芦苇丛，跑出一群母野猪，这位驺虞好厉害，一下射中五头猪。

如此高超的箭艺，堪称神箭手了。

许多猎人不仅具有超强的单兵作战能力，而且也善于合作，富有团队精神。

有一天，齐国一位猎人在淄博的峱山南边碰到另一位武功极好的猎人。真是巧，这时，两匹恶狼在他们近旁出没。两位高手一商量，立即分工合作，"并驱从两狼兮，揖我谓我臧兮"（《齐风·还》）。他们并肩作战，协同猎杀两匹狡猾凶残的狼，那位路遇的猎人还非常有礼貌，作揖行礼献上赞美的言辞。

这说明，猎人们武艺好，素质也不错。

有了上面这些表现，《诗经》对猎人给予了很高的评价。

《齐风·卢令》里说，带着黑猎犬的猎人，"其人美且仁"。长得十分帅气，本来可以靠颜值吃饭，偏偏品行还挺好，而且本领高强，简直是一个完美的先进典型。

《周南·兔罝》里把捕兔子的猎人，称作"赳赳武夫，公侯干城"。雄赳赳、气昂昂，威武又健壮，他们是公侯慕求的人才，也是贵族的忠诚护卫者。

不用说，生在《诗经》时代，如果需要求职，猎人这份工作可作为优先选择。

只是，入职的门槛大概比较高。比如，看看你有没有神箭手证、高级飞刀手证、梭镖神投手证等；或是现场放出一匹野马，看你是否跑得过它，等等。

因此，还是先练练去吧！

4. 隐士

"人生在世不称意，明朝散发弄扁舟。"多年之后，唐朝的诗人李白表过这样一个态。他的意思是，在人世间混来混去，混不出个名堂来，不如早早投身江湖，过那自由隐居的生活去。

李白当然没有隐居，他不过说说罢了。以他的性格，只要有机会，就泡在各级官员中，哪会轻易隐居呢？

往回看，《诗经》时代已有隐士这个职业了。当年的隐居，属于真正的隐居。隐士们从城市跑到山里，选择风景幽美、有水有

竹的地方，筑造屋舍、书房，过着与官场主流生活完全不同的日子。

想读书就读书，想劳动就劳动，想游山玩水就游山玩水。既舒服，又惬意；既健康，又闲适。

考槃在涧，硕人之宽。

独寐寤言，永矢弗谖。（《卫风·考槃》）

这是卫国的一位隐士，他把隐居的房舍建造在山涧边上。因为属于贤人（硕人），资产比较雄厚，屋子造得又宽又大。来这里生活后，没有外人打扰，自在极了。他独眠独醒，独自说话，独自唱歌，还发誓永远不忘记这份快乐。

从这位隐士的状态来看，他对自己的隐居是满意的。

这种满意和餍足，起到了某种示范效应。隐居慢慢成了"高洁""高尚"的代名词，由此带动出现了后来的陶渊明等众多隐士。就连前面提到的那个特别爱恋红尘热闹的李白，时不时也会发发牢骚，把"隐居"挂在嘴边。

但当隐士不容易。

首先，当隐士得有丰厚的物质基础。没钱的人谈隐居简直是笑话。上面那位卫国隐士，他能造宽大的房子，能衣食无忧，说明他并不缺钱。

中国最著名的隐士陶渊明生活是比较俭朴的，可他经常有酒喝，这也不是普通人所能做到的。翻开陶渊明的"干部履历表"，可看到他做过祭酒、主簿、镇军、参军、县令等多种职务，这些职务都是有物质报偿的。即使辞职后，也保有许多田地供他耕种。此外，也有一些官员、朋友不时来给他送钱。

没有这些物质条件做支撑，早饿死了，哪有那么潇洒？

其次，当隐士得耐得住寂寞。也就是说，只有精神上有寄托的人，才能成为真正的隐士。人终究是社会动物，有社交的需求。如果长期一个人住在山中，不参与社会活动，可能最后连说话都不会了。这样的例子，现实中就有过。有个逃犯，为了躲避追捕，藏在山中，长年累月没有人与他说话，等抓获归案时，讲话已非常不利索了。

唐朝的孟浩然算得上是一个有精神追求的人，热爱山水田园生活，又写得一手好诗。连这样一个高士，也无法坚守在寂寞的山中。他本来一直隐居在襄阳的鹿门山，到了四十岁时，实在扛不住了，便出山去京师寻找机会，还真碰上了唐玄宗，可惜因为"不才明主弃"这句诗，惹恼了皇帝，招了一顿训斥。求官不成，不得已才又回到山中。

可见，隐士这个职业，同样有很高的门槛，不是轻易能"得手"的。

5.采摘人

从职业选择来说，无论哪个时代，待遇好、人轻松、环境佳的工作无疑是上上之选。现在网上有个流行的评语，认为当今最好的工作是"事少、钱多、离家近"。依照人的本性，我相信，即使在热爱劳动的古代，对于职业的评价也逃不脱这个调调。

《诗经》里的活计，许多是需要费大气力的。轻松一点的，大约只剩下采摘了。这里的"采摘"，可不是现今我们周末带着孩子去找个农家院，到果园或草莓园里，采摘一通，体验和重温乡野生活的乐趣。

那时，采摘是一种真正的劳动。

采药、采桑、采水草，采的都是生活必需品，不是为了休闲和好玩。

《周南·芣苢》展现了妇女们成群结队采"芣苢"的情景。

"芣苢"是种药物，现在叫车前子。在古人眼里，车前子结的果实，对于治疗女人怀不上孩子或是生孩子时难产有着特殊的功效。

有一天，周南地区的一群女子来到旷远的野外，开始采车前子。她们边采边唱：

采采芣苢，薄言采之。

采采芣苢，薄言有之。

意思很浅白，就是采啊采啊车前子，快快把它采回来。由于内容简单，音节和谐，很适合于在采摘活动中演唱，有助于统一节奏，提高效率。

她们又是采、又是拾、又是捋，采到好多车前子，双手捧不下，便"薄言襭之"，用衣襟把车前子兜起来，快快乐乐地回家去。

不知道她们采那么多车前子干什么，也许卖给药铺，也许晒干储存起来。反正一定是有用处的，不然不会一大帮人出来采摘，费这么多工夫，弄出这么大的动静。

且不管为什么采车前子，单单她们这个集体劳动的行为，就很有诗意、很有情致。现在电视上一些卖茶叶的广告，由一帮采茶女穿着同款蓝花印布服装，边采茶、边歌唱，画面很美。古代妇女们采车前子的情景，与此大约类似。

清朝研究《诗经》的专家方玉润读《芣苢》时，很感动，说了一段很精妙的话：

恍听田家妇女，三三五五，于平原绣野、风和日丽中，群歌互答，余音袅袅，若远若近，忽断忽续，不知其情之何以移，而神之何以旷……

极具清新之美！

采桑也是当时常见的农事劳动。

按史料上的说法，养蚕的历史可以追溯到夏代。到《诗经》时代，经过长时间的发展，养蚕成了比较成熟的技术，也是比较普及的农业经济形式。

蚕的主要食物是桑叶。采桑自然是蚕农的一种重要活动。

魏国养蚕的人大约较多，这个国家流传着一首描述采桑的诗——《魏风·十亩之间》。诗中写道：

十亩之间兮，桑者闲闲兮，行与子还兮。

十亩田间有桑园，采桑人们好悠闲。走，她们要一起把家还。

气氛多么轻松和谐。这个场面背后的情景可能是，太阳偏西，到了收工的时候。夕照下的桑林里，采摘了一天的采桑女们，背起装满桑叶的筐子，准备回家了。她们呼朋引伴，相邀一起回去。走在桑园通往村庄的路上，她们一边说笑一边唱歌，欢快得很。

好一幅和谐的桑园晚归图！

但并不是所有的采摘都这么轻松。

古代祭祀时，会用到一些植物祭品。这需要把祭品采摘回来。充任这一工作的，通常是女性。

召南地区的贵族这时正要开展祭祀活动，他们派出了采摘白蒿、蘋菜、水藻的人。和采桑比起来，这种活要繁重得多。

《召南·采蘩》是讲采白蒿的。

诗中说一些女子，来到沼泽、沙洲、山涧边，这些地方长着白蒿。她们的工作，是把白蒿采回去，用于"公侯之事"，在贵族们开展祭祀的时候派上用场。

她们要采的白蒿很多，"夙夜在公"，为了公家的事，白天、黑夜连轴转。"薄言还归"，也不敢说想早点回去休息。

生活在召南地区的另一位女子，此时也在忙着采摘祭祀用品。不过，她采的不是白蒿，而是蘋菜、水藻。

她来到南面的涧水边采蘋，来到积水的沟边采藻，用方筐、圆筐盛回去，用锅、釜煮熟，再放到宗庙的窗户底下，以备祭祀。

"谁其尸之？有齐季女。"（《召南·采蘋》）这位主持祭祀的女子是谁呢？是一位虔敬的待嫁少女。

原来，那时的女子，出嫁前三个月，要到宗庙里去学习祭祀的礼仪。当嫁到夫家以后，操作起这套礼仪来就不陌生了。采蘋、采藻，恰恰是这些礼仪中的一部分。

这位女子并非职业采摘人，从她一连串的动作来看，这份工作也不容易。

据上可知，采摘大约是当时流行在女性中间的一种工作。相对而言，女子比男子要心灵手巧，工作效率要高。

这份工作可能耗时会比较长，但毕竟不是修长城、挖运河那种重体力活，不需要多大的力气去做，所以也比较适合当时的女性来做。

当然，男的要干这个活也不是不行。《小雅·北山》描绘了一位男公务员登上北山，去采枸杞。活挺多，他得"朝夕从事"，连回家探望父母的时间都没有。——只是，这样的男同志终究是少数。

6. 婢妾

其实严格说来，婢可算一种职业，而妾只是一种身份。但《诗经》里，这两种人物暧昧不明，有时难以分清。而且她们确实有一些共同点，比如都附属于贵族，地位不高，等等。

假如把"婢妾"看成一种职业，它的职业特点就是要服侍主人。

魏国的一位妾很会缝制衣服，她的缝纫技术很高超。

她做的衣服不是给自己穿，而是给女主人穿！她提起衣领、托着衣腰，服侍女主人把衣服穿上。

可女主人相当会享受，还要摆摆架子。这种场合下，妾当然不开心了。辛辛苦苦缝制衣服，小心翼翼服侍你来穿，而你一点不顾惜我的辛劳，还要给我脸色看，我难道是块不知痛痒的木头？

虽然面上不敢反抗，但这位妾在内心里狠狠地来了一句"维是褊心，是以为刺"——你的心是多么的褊狭，让我写首诗来讽刺你一下。于是就有了一首流传后世的《魏风·葛屦》。

正妻与妾之间很少有完全和谐的关系。在二者之间，妾处在弱势地位，时刻遭受着正妻的压迫。而且，妾基本上没有反抗的条件，当时社会的层级制度约束着她。

她最多也只能如此，写首诗，刺刺女主人。并且，这诗不能让女主人知晓。

在古代家庭的日常生活中，家庭地位的排序是男主人、正妻、妾，这种关系是没法更改的。家中男主人和妾的等级关系尤其森严。大庭广众之下，妾绝对不可以随便和主人开玩笑。

《唐风·羔裘》是一首从婢妾的角度看男主人的诗。

"羔裘豹袪",这位男主人衣服华丽,穿的是羔皮袍子,袖口还镶着豹毛,身份是大夫一级的人物。这人特别傲慢,诗里说他"自我人居居",即"对我特别倨傲",气焰很高。

这位婢妾对男主人看不惯,早想发火,当面不敢说,内心却在埋怨:"岂无他人?维子之故!"难道没有别的人可以相好?非要和你在一起!

有人说,这个情形,体现了"一个贵族婢妾反抗主人"。这说得有些严重了,我看,她也只是在暗暗发点怨气罢了,并不敢真正撕破脸皮,和男主人针锋相对。主人对她有绝对操控的权力,如果不要她了,她怎么办呢?

给普通的公卿、大夫做婢妾,与男主人见面的机会是比较多的,至少能见得着吧。但如果是选到皇帝或诸侯国君的宫殿里做婢妾,想要见到皇帝或诸侯,就只能看自己的命运如何了。

《秦风·车邻》中写到秦王宫里的一位婢妾,"未见君子,寺人之令",迟迟见不到秦王的面,是因为太监(寺人)没来传令。什么时候来传令呢?不得而知。

在诗里,这位婢妾最终等到了机会。

既见君子,并坐鼓簧。

今者不乐,逝者其亡。

见到了怎么办?赶紧逮着机会,和秦王坐在一起吹打乐器、寻欢作乐,因为时光匆匆,现在不及时行乐,说不定哪天就死了。

这算是运气好的。宫中的婢妾们地位低、数量多,想得到君王的宠幸难上加难。

杜牧那篇著名的《阿房宫赋》里，讲宫中的婢妾把自己打扮得漂漂亮亮，"一肌一容，尽态极妍"，希望秦始皇能够见她们一面，但不是每个人都有好命运，"有不得见者，三十六年"。秦始皇在位共三十六年，也就是说，一部分婢妾在秦始皇即位时就在宫里，等到秦始皇死了，连皇帝长什么样子都不知道！

婢者，悲也！妾者，怯也！

但在冷酷的命运面前，她们无能为力，只能任年华寂寞地过去。

婢妾算不上一份好职业，但在生存艰难的时代，也是一种出路。

有了这种身份，吃饭大约是不愁的。能达到这一点，对于许多人来说，已经很羡慕了。

7. 农民

农耕社会里，农业是支撑社会发展最重要的经济来源。农民也是当时人数最为庞大的职业。

"手中有粮，心头不慌。"几乎每一个统治者，都知道这个朴素的道理。那时的皇帝、诸侯，为了鼓励农民抓紧生产，干好农活，常常在开春之时，搞一个"籍田礼"，到农田里去象征性地耕几下田，以此示范推动全国的农民好好种田，把农业生产搞好。

他们也会在同样的时节，祭祀上天，祭祀农神，祈祷神灵保佑风调雨顺，有一个好年份、好收成。

《周颂·臣工》中的周王，大概正在举行"籍田礼"。他带头犁了几下地，演了一出"犁田秀"，众官员也按照官阶大小，依次下田秀了"几下"。待仪式完毕，周王就开始训话了。

"嗟嗟臣工，敬尔在公。"和任何讲话一样，先是"同志们，官员们，大家要兢兢业业为国家工作"等大众化的要求，再慢慢转到正题上。这次的主题是农耕，他一边告诫管农业的官员，要顺应时节，好好耕种，一边向上苍祈祷，"明昭上帝，迄用康年"，愿上帝明察，给天下一个丰收年。

当时，类似的活动多得要命，每年都有，有时一年还举办好几次。

《周颂·思文》是祭祀周代先祖后稷的诗歌，后稷的主要成就在发展农业，诗中说他"贻我来牟"，"来牟"指小麦，周人赞颂后稷把小麦这种最优秀的作物赐给了周族的子民，解决了他们的吃饭问题，真是无上的功德。

《周颂·噫嘻》是周成王在春天时祭祀上帝、告诫农官的诗。他要求农业部长等，"率时农夫，播厥百谷"，及时带领农民下地劳作，把谷种快快播下去；"亦服尔耕，十千维耦"，农业上的耕作要抓紧，把成千上万的人组织起来，一起去田地里耦耕。

这些例证，足以说明当权者对农业看得重、管得细、盯得紧。

统治阶层这么重视农业，那从事农业的农民是不是日子很好过呢？农民这个职业在当时的职业排行榜中能否排到前面呢？

答案是否定的。

只能说，农民是最普遍、人数最多的职业，但绝不是最好的职业。

首先，农民要干的活非常多。

《诗经》里有一首《小雅·大田》，较为完整地介绍了种大田的事。大田面积大，可以种的庄稼多。要种庄稼，得把种子选好，把农具修好。准备工作做得差不多了，才能"以我覃耜，俶载南亩"，背着磨得锋快的犁铧，到大田里去干活。

庄稼长到"既坚既好"时，虫子们来了。那时没有农药，也没有杀虫剂，只得大家手工上阵，到田野里"去其螟螣，及其蟊贼"，把螟、螣、蟊、贼等害虫捉了，投到火里烧死。

然后，还要收割。这是个很重的体力活，男人在地里干活，没时间回家吃饭，便"以其妇子，馌彼南亩"，叫他的妻儿们，送饭到田头来。

从选种到把粮食收回家，农民一刻不曾闲着。必须承认，农民这份工作非常辛苦。

其次，农民大多数时候不是为自己干，是为公侯贵族干，是典型的"杨白劳"。

《豳风·七月》相当生动地展示了农民辛勤、踏实的劳动情景。

农民一年四季都在忙碌，他们种地、采桑、打猎、割芦苇、织衣服、酿春酒，最终的结果是把大部分劳动所得献给贵族。

"载玄载黄，我朱孔阳，为公子裳。"八月时分，农民开始纺麻织布，染成的布有黑又有黄，其中有一匹染成了鲜亮的红色。这最漂亮的布，不是留给自己的，而要送给贵族公子做衣裳。

"一之日于貉，取彼狐狸，为公子裘。"十一月，天气开始变冷，一帮人上山去猎貉，打到一些狐狸。狐狸的皮毛很珍贵，是御寒的好东西，也不能留给自家用，得拿去"为公子裘"，送给贵族公子做皮袄。

"二之日其同，载缵武功，言私其豵，献豜于公。"接下来十二月了，大家聚集在一起，继续跑到山上去打猎。这次打的猎物多一些，有小野猪（豵），有大野猪（豜）。好了，既然这么多，自己可以留一点，把小野猪留下，把大野猪进献给王公。

这首诗很长，写尽了农民每个月的工作。仅从以上所引数句，就能体会到当时农民的劳作是多么勤苦，而他们收获的绝大部分劳动成果，却无偿进了贵族王侯的府库和粮仓。留给自己的，只是很少很少的粮食，许多时候连最低的生存需求都无法满足。

做这样的工作，当然没有积极性。

再次，农民常常吃不饱、穿不暖，生活无法保障。

有的人认为，农村风光优美，民风淳朴，是生活的好地方，农民也当然是一个好职业。

如果是在当前的欧美发达国家，或者我国现今城乡差别极小的长三角地区等，这样的眼光是没有问题的。假如处在古代中国，甚至今天中国的中西部地区，用这样的眼光来看问题，就会闹出不少笑话。如今城市化进程转得飞快，数以亿计的农民依然想从农村跑到城市生活，说明农民这个职业仍旧不算许多人心目中好的选择。

其实，在《诗经》时代，就有"美化"农民生活的情况。

《魏风·汾沮洳》里，就把青年农民在汾水边上采摘东西的工作描述得非常美好。

这个小伙子农活干得不错，业务熟悉，不管是采酸模、桑叶，还是采泽泻草，都是一把好手。

他的颜值也高，诗里形容他"美无度""美如英""美如玉"，帅得无法形容。

所以，诗人感到，这个青年农民"殊异乎公族"！他比那些王公贵族、政府官员，更加健康、阳光！

这是不是说，农民这个职业比在政府做官要好呢？我看，这里面有些误解。

一是这位诗人可能是深居宫中或机关大院里的贵族，初次见到这么一位青年农民美男子，感觉很新奇，与机关里的同事有着完全不同的气质，一下子觉得太美了。

诗人一点都不了解农民的生活，看到的只是一个片断、一丝光亮、一份诗意，你让他和这位青年农民在农村来个"三同"锻炼（同吃、同住、同劳动），住上十天半个月，体会了农村生活的艰苦，大概就不会这么"浪漫"了。

他如此高看农民的生活，实际上和晋惠帝发出"何不食肉糜"的疑问是一个道理。有一年大饥荒，老百姓饿死的很多，当消息报到晋惠帝那里，他给出的解救方案是，百姓既然没有米饭吃，那就让他们去喝碎肉粥吧（"何不食肉糜"）。诗人和晋惠帝一样，与普通农民的生活太隔膜了。

二是这位诗人可能是对诗中的青年农民心怀爱慕之心的女子。闻一多指出"这是女子思慕男子的诗"。这就很好解释了。情人眼里出西施。不管这位青年是什么身份，由一个爱上他的女子来描摹，当然是美得不得了、好得不得了！

因而，《诗经》里即使有歌颂农民这个职业的诗，也不能说明农民是个好职业。

事实上，那时的农民有时连基本生活都难以为继。

《豳风·七月》里写到天气转凉后，黄土高原上大风狂吹，气候寒冷。忙了一年的农民，"无衣无褐，何以卒岁"。他们没有衣服穿，怎么度过这漫长的冬天？

这是正常年份。如果碰上灾年，更加没法过。《大雅·云汉》里讲，有一年"旱既大甚，则不可推"，旱情太厉害，要避开不可能。周宣王没法可想，只能按老例去求雨，希望上天能发发慈悲下点雨。

"何辜今之人？天降丧乱，饥馑荐臻。"现今的人有什么罪过，老天降给他们这么多丧乱灾祸，饥馑的事情接二连三发生。皇帝都这么担忧，农民的生活一定非常凄惨了。——他们正在饥饿的威胁中一个接一个死去。

《小雅·苕之华》描写了荒年的情景。诗中说，"人可以食，鲜可以饱"。非常令人惊恐，人肉可以吃，他还嫌吃不饱，依此推测，是因为被吃的人过于瘦小。这是一个什么社会？人吃人的社会！我的天。你让那时的农民怎么活？

"知我如此，不如无生。"真的是这样，早知长大后会过这种生活，不如不要降生在这个世界上。

知道了这些，我们可以推论，农民不是一份好职业，很多人当农民是因为不得不如此。

"四海无闲田，农夫犹饿死。"有的诗人早就看穿了这一点。

8.劳役者

从古至今，服劳役的人中最有名的，我想应该是范喜良。秦始皇时，他被抓去修长城，由于工作量大，吃不饱饭，又累又饿，死掉了。

当时，在这种劳役中死去的人挺多，大多数人连名字都没有留下。但范喜良妻子寻来了，她叫孟姜女，她到长城边惊天动地一哭，把长城给哭倒了，留下了"孟姜女哭长城"的传说。

因为这个传说，范喜良这个服劳役者让人记住了。

当然，这个故事不能当成历史事实看，但从范喜良的经历中，确实能看出一些真实的因素来。比如，政府会征调适龄青壮年去服劳役，服劳役是一件很辛苦的事情，等等。

按照史料记载，在秦朝时，男子长到十七岁就得去服役。当时的徭役主要有两种：一是力役，范喜良修长城属于服力役；二是兵役，就是参军当兵。由于当兵后面要专门讲，这里只讲"力役"。

《诗经》里有很多反映服"力役"的诗。

邶地的一位男子，被抽调去给政府干活，具体干什么不知道，可能是造桥、修路，也可能是清理河道、兴修水利。这些活一件接一件，怎么都干不完。他心里烦躁极了。

他在《邶风·式微》里发出怨言：

式微式微，胡不归？

微君之故，胡为乎中露？

用现在话来讲，天快黑了、天快黑了，为什么还不能回家去？不是君主的差事多，我哪会还站在露水中。

他十分疲劳，心里很想家，可是活压在头上，没办法走开。逃跑是不可能的，抓住了，肯定是刑罚伺候。只能在心里骂几句，然后继续干吧！

山西的一位男子也正在服劳役，他的工作更为繁重，境遇更为悲苦。

"王事靡盬，不能艺稷黍，父母何怙？"（《唐风·鸨羽》）政府派的活太多了，天天一大堆，没有停过，不能回家种高粱、黄米这些庄稼了。这位男子是家里主要劳动力，是名副其实的顶梁柱，他被抽调出来给政府干活，父母的生活怎么办？真是无依无靠了。

他非常担心，但又没有法子，也不敢反抗。"悠悠苍天！曷其有所？"他对老天发出质问，到底什么时候才让他回家？这服役期限实在太长了。他已经到了崩溃的边缘。

只要家人平安，实在不能回去也罢了。可是，父母去世，还不能回去服孝、拜祭，痛苦就大了。

《小雅·蓼莪》中的男子，父母死了，他在外面服役回不去，一个劲地悲叹："无父何怙，无母何恃！"没有父亲何所依，没有母亲何所靠！唉，没有爹娘的孩子像根草。"民莫不穀，我独何害！"人人都能赡养自己的爹娘，唯独我要承受服劳役的苦难！

这样的血泪呐喊，真可谓人间至痛！

应当说，被征调参加劳役，是一件很不幸的事。如果可以，谁不愿安安稳稳地待在家里，不出来干苦力。但这是当时每个公民的义务，谁都不能推脱。

不过，相对来说，他们比当军人又稍微好一点。虽然有可能累死，却总不必像军人一般在战场上冲锋陷阵，以命相搏。

9. 军人

在冷兵器时代做一名军人，是一件一言难尽的事情。总体而言，这是一份辛苦、危险、孤独的职业。

《诗经》中关于军人活动的诗歌比较多，大部分是持同情态度的，常常流露出压抑、哀伤的情绪，很少有欢快、喜乐的氛围。

周宣王初年，大将南仲奉命讨伐玁狁，队伍威武雄壮，战斗力强，战争取得了胜利。对国家来说，这当然是天大的好事。可是，具体到战争中的士兵，他们的人生却因为战争而发生了巨变。

风雪弥漫中，一位士兵随着大军踏上了凯旋的征途。但他没有半点得胜后的喜悦，有的只是无奈地慨叹：

王事多难，不遑启居。

岂不怀归？畏此简书。（《小雅·出车》）

他悲鸣，国家危机重重、多灾多难，于是他也没有半点休息的机会。难道他不想回到家里吗？但他最害怕的就是朝廷颁布的出征的命令。

可见，这位士兵对自己从事的工作充满了厌倦和无奈。

当然，还要承受与亲人离别的痛苦。上战场后，与家人一别就是几年，家里人不知道军人的死活，军人不知道家里人的安危。加上音信不通，也没有探亲的机会，所能做的只有硬想，让孤独充盈内心。

而一位在东山打仗的士兵，则这么叙述自己的遭遇："我徂东山，慆慆不归。""自我不见，于今三年！"（《豳风·东山》）他上了战场，长时间回不来。一晃，和亲人不相见就三年了。他的心里满是悲哀。

相比而言，这些能在《诗经》里留下声音的士兵，已经不错了。相当一部分军人，则早在残酷的战争中死掉了。这些可怜的人，卑微得像虫蚁，化作了尘土和空气，在世界上不剩下任何痕迹。

要说那时当兵的好处，真是不多。如果说有，以下两点或许可以算上。

一是能够收获一些战友的情谊。"岂曰无衣？与子同袍。"(《秦风·无衣》) 在战服短缺的情况下，和战友同穿一件战衣，同仇敌忾，这种友谊定然是杠杠的。

二是运气好的话，可能获得比较丰厚的物质利益。秦国商鞅变法后，对立军功的奖赏是很可观的。比如，秦国的士兵杀死一个敌人中的"甲士"(军官)，便可以得到一级爵位、一项田、一处住宅、一个仆人。

但是这些所谓的好处，都是用生命搏来的。

10. 流浪汉

人只有迫不得已的情境下，才会成为乞丐、流浪汉。这种人没有家园，甚至连祖国都没有，当然更没有生产资料，也没有任何尊严。

这是最不待见的一种职业，假如能让人们选择，没有人会愿意成为流浪汉。

偏偏在《诗经》里这样的人还挺多。这只能说明，那是一个乱世，政治混浊，战争频发，许多人被迫背井离乡，四处流浪。

王城洛阳附近，有些人在游荡。他们离开了家乡，孤苦无依，想寻求帮助，却没有人肯帮助他们。

终远兄弟，谓他人父。

谓他人父，亦莫我顾。(《王风·葛藟》)

他们远离兄弟家人，举目四顾，到处是陌生的景象，见到那些年长的男子，他们放下平时的自尊，叫一声"爸爸"，可是别人根本不理他们。

他们也去找年长的女人叫"妈妈"，找壮年男子叫"哥哥"，得到的回应都是一样的，人们对他们冷眼相向，置之不理。

谁叫你们是流浪的人呢？你们的尊严不值钱。

与之类似，流亡到卫国的一些人，生活非常困难，想找当地的贵族帮忙，但这些富人从根子上缺乏同情心。不管你"叔兮伯兮"叫得多么热情，他们"狐裘蒙戎，匪车不东"(《邶风·旄丘》)，身上穿着蓬松的狐皮袍子，所乘的车子不朝流浪汉这边来，一点都不关心、不在乎。

想一想也是，流浪汉不是他们的亲戚，也不是他们的子民，是完全不同的两类人。不管是外表上，还是心理上，真是"靡所与同"，没有一处是相同的。你能指望他们做什么？

这些"琐兮尾兮"的"流离之子"，——卑微渺小的流浪汉们，还是自求多福吧！处在动荡飘摇的乱世，能多活一天，就算赚了一天。

这是所有流浪者的共同处境。

《唐风·杕杜》中，一个流浪者"独行踽踽"，孤独地走在大道上，感到迷茫而悲伤。有时，也会有一些人和他同行，同行者也是流浪汉，中间没有一个熟悉的，他们隔得远远的，没有什么话可说。

这个流浪者由之感叹，"岂无他人？不如我同姓。嗟行之人，胡不比焉？"难道没有见过其他人？可是这些人都不是我的同姓兄弟。可叹这些同行的人啊，为什么不离我近一点？

他太傻、太天真了。所有的人都自顾不暇，谁会管你呢？

《小雅·黄鸟》中，一位流浪到周朝都城镐京的人，情况似乎更加糟糕。他不仅生活困苦，而且还不时遭人欺负。

黄鸟黄鸟，无集于桑，无啄我粱。

此邦之人，不可与明。

言旋言归，复我诸兄。

他在控诉，黄鸟黄鸟不要停在桑树上，不要啄吃我的红高粱。这个国家的人不讲信用不善良，我得快快回家去，回到故园去见我的兄长。

在家千日好，出门一时难。身在异国，连鸟都欺负他，人更不用说了。他一个劲地希望结束流浪的生活，回到老家故国去。

这么多人流离失所，朝廷有时也会出面进行一些改善。周朝在周厉王统治时，动荡不断，手段残酷，老百姓被整得苦不堪言，到处逃难。到周宣王上位，情况有所改变，他积极作为，希望能改善百姓的处境。看到治下的子民到处流浪，他感到于心不安，于是便派出使臣救济、招抚难民，尽量帮助他们返回故土。

《小雅·鸿雁》就是反映这件事的诗。诗中把使臣比作鸿雁，四处飞翔，辛苦地奔走。

鸿雁于飞，肃肃其羽。
之子于征，劬劳于野。

使臣像鸿雁一样翱翔飞奔，把翅膀扇得嗖嗖响。他奔劳远征，在野外十分辛苦。他是去赈济贫穷的流浪汉、救助鳏寡无靠的人。

据诗中所述，使臣到工地巡察，督促修筑房屋，好让那些流浪归来的人，能够有个住处，不至于回来后连个落脚的地方都没有。

周宣王的这些慈善行动，的确能够帮一些流浪汉的忙，使他们的生存条件稍微改善。但在那个年代，这样的好事不会很多。一来像周宣王这样有点良知的皇帝不多。二来政府的财力有限，即使能拿出钱来帮助流浪者，也只是杯水车薪。只有部分运气极好的流浪者，才能享受到政府分发的福利。要让天上掉下来的馅饼砸到自己头上，概率实在小。三来当时政局动荡，战乱太多了，政府也应接不暇。

所以，如果生在《诗经》时代，只有祈求命好一点，有一个相对好些的职业，千万不要沦为孤苦无依的流浪汉。